U0114961

跨转 2 年 界型

孙鼎 著

一名北大理工男
的中医之路

上海大学出版社

图书在版编目(CIP)数据

跨界转型 12 年：一名北大理工男的中医之路/孙鼎
著.—上海：上海大学出版社，2023.6
ISBN 978-7-5671-4724-9

Ⅰ.①跨… Ⅱ.①孙… Ⅲ.①散文集－中国－当代
Ⅳ.①I267

中国国家版本馆 CIP 数据核字(2023)第 095693 号

责任编辑　陈　露
助理编辑　张淑娜
封面设计　缪炎栩
技术编辑　金　鑫　钱宇坤

跨界转型 12 年：一名北大理工男的中医之路
孙　鼎　著
上海大学出版社出版发行
(上海市上大路 99 号　邮政编码 200444)
(https://www.shupress.cn　发行热线 021-66135112)
出版人　戴骏豪
*
南京展望文化发展有限公司排版
上海东亚彩印有限公司印刷　各地新华书店经销
开本 148mm×210mm　1/32　印张 6.5　字数 145
2023 年 6 月第 1 版　2023 年 6 月第 1 次印刷
ISBN 978-7-5671-4724-9/I·685　定价　45.00 元

序

　　欣闻《跨界转型 12 年：一名北大理工男的中医之路》即将付梓，这是作者献给广大读者、尤其是中医学子的别具一格的佳作。认识作者，是先闻其声，后见其人。在上海中医药大学附属龙华医院工作之际，时常听闻老师和实习同学谈起学校有一位北大毕业再重新高考进入上海中医药大学学习的"牛人"学生，当时在想他的毕业实习是否会在龙华医院？是否会来我们风湿科？结果与作者果然在风湿科相遇了。作者从物理专业本科毕业，在 IT 行业工作 3 年后，再次参加高考转型为中医学子，完整地经历了五年制中医本科学习、住院医师规范化培训、主治医师、副主任医师，一步一个台阶地走了过来。其求学、工作经历在上海中医药大学是否"后无来者"不好说，但确也是"前无古人"了。所以本书中一定有你感兴趣的内容。

　　本书的特点是以理科思维学习中医、思考中医。如用物理学界传奇人物理查德·菲利普斯·费曼的费曼学习法，来帮助自己掌握、梳理中医知识体系；试着用能量的观点来看待中医学的模型,从能量的角度理解"得气""气至病所",并以此解释为何热病可以用灸法；根据蒙代尔"不可能三角",提出了适合于中医书籍的"不可能三角",即一本书对于思想性、系统性、实用性不可能面面俱到。这提法是否正确,就如作者所说的可以进一步验证。但至少作者在学习中医的过程中结合自己曾经的理科经历提出了独特的观点。在阅读中医书籍时运用上述"不可能三角"的思维有助于明确书籍的性质,抓住阅读的重点,想来是有益的。

本书的第一篇"重返校园从头越",让读者看到了一个跨界中医学子是如何"从头越"学习中医的。俗话说,万事开头难,但作者的这个开头却精彩纷呈。这其中最与众不同的是作者善于总结、学以致用。例如,如何避免学习经络踩过的那些"坑"、怎么学《黄帝内经》《伤寒论》等中医经典、经络腧穴五步学习法、《中药学》"三遍学习法"、《中医内科学》病症的分系统编方证歌诀等皆是作者亲身总结之精华,可供中医后学细细咀嚼。而获得首届"天堰挑战杯"全国中医大学生创意设计竞赛二等奖的"人体经络穴位 3D 挂图创意";参与的许多 IT 和自动化课题,如组装"穴位伏安特性测试仪",并用 LabView 软件编写穴位伏安特性测试系统等,以及提出核心图像式思维可以作为物理、IT 与中医结合点的观点；"学物理的时候是把教材往厚了读,而学中医则是要把教材往薄了看"的读书体会,更是作者勇于探索、精于思考、勤于实践的真实写照。

本书的第二篇"实习规培天涯路"、第三篇"从医修行且观复"记录了作者从实习医师到副主任医师不同阶段的所见所思,从中可以看出作者工作的主动细心、善于总结。经常听到实习、规培医师诉说病房及门诊工作整天忙忙碌碌,非常辛苦,却收获不大。那就看看作者是怎么度过实习、规培阶段的。从实习医师一路走来，作者跟过众多诊疗风格各异的老师，由于主动细心、兼收并蓄，故总能从每位老师身上有所收获。如 W 教授的"辨证＋对症"心法指导下整理医案，以提高临床诊治水平；C 教授"辨案论治"的笔记本学习法；Y 教授带着临床思维提问，抓住患者的主要矛盾；以及跟 S 教授抄方体会到的跟师时特别需要学习老师的治疗细节，并将碎片化的细节拼接在一起的学习方法等，都融入了如何学习中医、理解中医、如何做科研等作者自己的思考。书中不时有一些精彩的小故事穿插其中，如王外婆穷其一生对作者的"告诫"，读来饶有趣味。

作为一名"跨界"的中医，天然具有"旁观者清"及"杂交"的优势，故本书最值得称道的是作者用理科思维看中医，运用所学物理知识解释中医的临床问题。如书中对于同一位患者，不同的中医师处方千差万别，但都有效果这个中医最常见、也是学界议论最多的问题，作者用函数拟合的不唯一性作了较为科学的解释。并认识到中医"千人千方"并非"不科学""思路混乱"，而是因为面对复杂的病情时，中医师必须用多样化的"拟合策略"来实现治疗目的。再如基于整体观念与唯象模型用欧姆定律从整体上解释降血压药的使用、将 IT 界"迭代"的概念用于腹诊临床等，都是"跨界"与"杂交"的结果。

中医药大学毕业的学生，由于所学专业及所受训练的限制，大多处于"不识庐山真面目，只缘身在此山中"的境地，要跳出"界外"，创造出新医学，是很困难的。联想到上海中医药大学有个交叉科学研究院，其目的就是要融合不同学科进而在中医学的发展上有所创新，而作者的"跨界"现在看来就是最好的交叉。希望作者不但能"跨界"学习中医、理解中医、解释中医，做一个好中医师，更要在此基础上为创造新中医、新医学添砖加瓦，努力成为书中所说的"第一、二类中医人"。

苏　励

癸卯年孟夏于上海中医药大学附属龙华医院

转型，做难而正确的事情

"众里寻他千百度。蓦然回首，那人却在，灯火阑珊处。"
——宋·辛弃疾《青玉案·元夕》

自 2010 年重新参加高考算起，到 2022 年，我用了 12 年来实现从物理和 IT 到中医的转型，并由一名懵懵懂懂的中医爱好者成长为副主任医师。想到岁月来去如风，一路上虽多有回忆与感触，但如果不及时写下，那么这份属于普通人的思绪很快就会烟消云散吧。故我在 2022 年初定下目标，尽力书写这 12 年间遇到的困难和克服的方法，也希望从本书开始重新出发，继续坚持做难而正确的事情。

一路走来，最难的事情莫过于"不忘初心"。在北大，生活丰富多彩，未名湖畔杨家老架的习练、体育馆里陈氏太极的拆解、静园草坪上禅学社的诵读声等，都不断在我心中播撒着传统文化的种子。同时，因为我经常感冒，使用抗生素、止咳药后仍会反复咳嗽，往往到了最后，还是通过服用中成药如冬凌草片、橘红丸之类才得以好转，所以渐渐地，我对中医药开始有了好感，并最终变成了认同感。

带着这份被传统中医药文化吸引的初心，2007年毕业后我开始行走于IT职场。因为仍然隔三岔五就要病一场，所以我在工作之余热切地寻找着维持健康的方法。恰在那两年，吴清忠先生的《人体使用手册》和中里巴人先生的《求医不如求己》成为畅销书。对于其中的养生观点，习惯于MVC（模型Model、视图View和控制器Controller）框架编程的我希望找出其背后的认知框架，包含人体模型、外在表现和关联控制机制等。这番寻找让我收获颇丰，也令我有了更进一步的念想。最终，我在综合考虑了对于中医药传统文化的兴趣、身体条件和能力圈以后，做出了一个现在看来仍然正确的决定：转型学习中医并争取成为一名中医师。

本书力求实用，将12年来的经历大致分为学习、实习（含规培）、从医（含科研）三个阶段：

第一篇"重返校园从头越"主要介绍我在校园里如何做中医学生、如何读书、如何考试和如何找机会实践的经验和教训，可供中医相关专业在校学生参考。其中有些问题如果在最初得到过来人的指点的话，相信中医学子可以少走些弯路，达到事半功倍的效果。

第二篇"实习规培天涯路"记录了我在实习医师阶段和作为规范化培养的住院医师阶段的所见所思，包括如何理解看病，以及如何在跟师学习、病床管理、建立知识体系的过程中不断修正错误、迭代认知、慢慢提高水平。这些经历可供刚开始接触临床的新中医医师参考。

第三篇"从医修行且观复"既有对于我从住院医师、主治医师到副主任医师一路走来的心得，包括如何治病、如何理解中医、如何做科研等，可供在中医之路上每日精进的同道参考；也有我关于如何行走职场、如何规划人生的一些感悟，希望能让需要思考职业生涯规划、转型方向的朋友获得启发。

上海中医药大学附属龙华医院风湿科

副主任医师　孙鼎

2023 年 4 月于上海

目录

第一篇
重返校园从头越

"雄关漫道真如铁，而今迈步从头越。"

——毛泽东《忆秦娥·娄山关》

不知多少人有过梦回高考考场的经历。2010 年，我通过再次参加高考重返校园，仿佛梦醒时分与小我 5 到 7 岁的同学相比，我感到自己的记忆力和精力都明显不及他们了，因此便琢磨要扬长避短，多找一些有效方法来克服学业上的困难。恰在此时，我有幸得到 H 老师借予的陈存仁先生所著《银元时代生活史》和《抗战时代生活史》。因为我是跨界转型来学中医，而陈先生则是身在中医界，跨界出版、古董（主要是古书和古钱）和房地产，还是理财高手，所以其著作很让我回味。从校园阶段开始，陈先生的书就如指路明灯一般，给予了我三方面的影响。

　　首先，书中提供了朴素的看病思路。贴近真实的生活，所表述的方式也容易为普通人所理解，使我在深入学习中医前就有了一些间接的、关于如何做医生的社会经验，也让我敢于寻找机会实践中医。

　　其次，陈先生不仅能看好病，而且热爱生活。我觉得因为中医师要面对的是各行各业、形形色色的患者，所以只有积极参与社会，才能真正理解患者、帮助其解决问题。

　　最后，我有一个感触：无论看好了多少病、写了怎样好的文章、做了多么大的事业，中医人总要有一颗平常心。珍惜此间的机缘,努力当下,所求无愧本心即可。

正是陈先生字里行间的纯朴心、入世心和平常心激励着我,让我在面对"雄关漫道"般的学业时,始终能有"迈步从头越"的勇气,像一颗植物种子那样,从破土发芽开始,重新学习与思考如何做一名中医学生、如何读书、如何实践、如何考试,历经缓慢而坚定的成长,去探寻无限的可能。

第一章
如何做中医学生

　　学生以学为主,这话固然没错。但是新的时代对于医生提出了更高的要求,所以上海中医药大学(以下简称"上中医")的课程培养体系也需要兼顾多个方面。而每个学科又都有其独特的学习和研究方法。对于跨界而来的我来说,首先必须完成学习方法的迁移,随后需要尝试通过有特色的研究来促进学习,最后则应当思考持续做学问的方法。

一、从做物理学生到做中医学生

　　面对异常丰富而又庞杂的中医知识体系,学习者难免会感到迷茫,比如我从理工科转学医科之初,就在背穴位、学中药和背伤寒等三件事上"踩过坑";直到我深刻理解到一名好的中医师必须能够取信于人、取类比象并且取精用宏后,才算"跨过坎",初步完成了从物理学生到中医学生的转变。

那些踩过的"坑"

（1）背穴位

2010年夏天我收到了上中医的高考录取通知书，此时距正式入学还有些时间。当时白天还在上班，因为听说读医要背的东西多，而民间一直有说法认为男性过了25岁（后来意识到这是符合"女七男八"规律的）记忆力会下降，所以我就想利用晚间和周末预习一下功课，把能背的先背起来。我当时的选择是经络腧穴，一方面是因为各类中医科普读物中相关的介绍多，生活中很实用，另一方面则是因为《扁鹊心书》的谚语"学医不知经络，开口动手便错"。而且家里还有《针灸学（供中医专业用）第5版》的经典老教材，我觉得跟着学应该靠谱。

具体如何学呢？因为当时还没有"知乎"（公开资料显示2011年才正式上线，真正在大学生中流行，印象中则要到2013年我下临床以后），网上能查到的资料都比较零乱，所以我决定按照曾国藩的"结硬寨，打死仗"的笨办法来——直接背经络上的每个穴位名称。第一条经络是手太阴肺经，因为穴位少，很好背；但到了第二条——手阳明大肠经就没有这么容易了；到了第三条——足阳明胃经，因为穴位实在太多，我感觉刚背完就会忘记；后来背足太阳膀胱经和足少阳胆经的穴位时，我几乎被各条分支绕晕了。

好在很快就开学了，通过中医基础理论的正统学习和在图书馆的广泛阅读，我才明白之前硬记所有腧穴的方法是没有必要的。等到学习针灸学以后，就更加觉得当初的学习方法是事倍功半。而在得到世交王外婆的指点（详见第六章"如何跟师学习"部分）并有了一些临床经验后，我对经络腧穴的学习方法又有了新的认识。如果能有机会重来，那么我建议一名以内科为主的中医师或中医爱好者在初学经络腧穴时，可以采用如下简单而又安全的五步法：

第一步，建立经络大体框架：背熟十四正经的流注顺序，记住各条经络的起、止点，并在自己身上找到该经络及其主要分支在体表大致循行的区域。对于经络在体内的循行，也要能说出个大概，当然最好是有人体模型能够对照着比划一下。做好了这第一步，已经可以避免"开口动手便错"，而且不会忘记还有经络辨证的方法。

第二步，纵向熟悉经络腧穴：先对照教科书、穴位图册（比如徐平教授的《人体经络穴位使用图册》）或者有关视频、软件 App 等，沿各条经络耐心地逐一推按各腧穴，对于能够产生酸、胀、麻感或引发身体反应（如嗳气、肠鸣等）的腧穴，重点记忆其定位和主治，思考可能提示自己会有哪方面的问题；随后在征得同意后，在亲友或同学身上轻轻按压这些穴位，如果也能产生反应，就一起探讨可能的原因，并探讨应对方法。通过这一步骤，可以熟悉一批与自己和周围人有关的穴位，日后急用时也容易想得起来。

第三步，横向熟悉经络腧穴：对照穴位图册（比如睢明河教授的《图解针灸穴位速查速用》），分头面、背、腹部、上肢、下肢等各部位，重点是关节附近的区域，先找到此前通过纵向方式已经熟悉的腧穴，随后以其为中心按压周围的腧穴，一边按压，一边记忆这些腧穴所属的经络。以足三里为例，在其上下内外就有犊鼻（外膝眼）、上巨虚、阴陵泉、阳陵泉等穴位，分属胃经、脾经和胆经等。可能此前沿经络推按时并没有什么感觉，局部按压则会产生酸、胀、麻感或引发身体反应，需要采用与第二步同样的方法进一步熟悉。

通过这一步骤,相当于刻意练习了"近道取穴",今后对于发生问题的部位,就可以结合经络的循行选择最可能取效的穴位。

第四步,进行有关经络和代表穴的小讲课:按照 TED 的要求准备一次 PPT 辅助的小讲课,能够在 15 分钟内简要说明十四正经的循行,及每条经络上自己有体会的"代表穴"。小讲课不一定需要听众,现在智能手机的功能都已很强大,录好了供自己日后复习时看就行。如果觉得自己讲得不错,那么还可以放到抖音、B 站等网站上供大家参考。这一步骤是有时间压力下的输出,有助于进一步梳理对于经络和穴位的认识。

第五步,进行有关常用穴和特定穴的小讲课:熟读甚至背诵《百症赋》或《玉龙歌》,学习其注解,或者反复阅读现代医家写的有一定专业性的经络穴位科普书籍(比如王启才教授的《66 穴让您健康一生》),进一步了解之前不够熟悉的、临床又很常用的奇经八脉相关的正经穴位(如外关穴、内关穴等)及经外奇穴。对于其中出现的各类特定穴(包括五输穴、原穴、络穴、郄穴、背俞穴、募穴、下合穴、八会穴、八脉交会穴和交会穴等十类),阅读教材以弄清其定义,重点是记忆歌诀或书籍中出现的有关临床常用穴位。再按 TED 的要求准备一次有关常用特定穴的小讲课。这一步骤同样是有时间压力下的输出,有助于强化对于特定穴的认识。

通过上述五个步骤,可以在比较短的时间内熟悉经络和常用穴位,日常遇到问题已经可以有处理的思路。再经过系统的课程学习、通过考试后,还可以通过阅读针灸学有关的经典文献、各流派的书籍等进一步深化认知。

(2)学中药

为了学习中药,我在入学前自己背了一些《药性赋》,但不得其法,遇到了和背穴位类似的问题。2011年我选修了广受好评的Y教授的《中药学》课程。Y教授在第一堂课介绍的《中药学》的"三遍学习法"非常值得参考:

第一遍:背目录。只要背出课本的目录,哪怕之后忘记了也没关系,重在建立整体印象;

第二遍:记笔记。Y教授说只要能结合他关于考点的提示认真记笔记,考试就不愁了,并允许我们对讲课录音,以便回听复习;

第三遍:复习笔记。在考完试以后,Y教授鼓励大家利用假期或学习后续课程的间歇期间,自己再复习一遍《中药学》笔记。

Y教授建议我们在学生阶段务必要完成这三遍的功课,否则今后上了临床以后一定会回头来"补课"。我感到这种方法特别适合学习医学类课程,第一遍建立整体的"知识地图",不至于迷失方向;第二遍记录要点,手脑并用加深印象;第三遍则是有了全局的理解以后温故而知新、促进知识点的融会贯通。

后来学习《伤寒论》之类的课程时,我也用了类似的"三遍法":第一遍直接做伤寒条文的思维导图;期末考试前再做一遍考点的思维导图;多年以后各类考前复习时,拿出思维导图再复习一遍,我发现还会有新的体会。

当然,上了临床以后,关于中药的使用又会有新的理解。跟师W教授抄方之余,我有幸听到他结合专科临床、从三个层次反复温习《中药学》的方法:第一层次是用自己的话、最简洁的关键词说清教科书上关于某味中药最常用的功能,比如麻黄是发汗药;第二层次是讲清某味药在专科专病中能够明确改善的症状或体征,以及要注意鉴别的点,比如麻黄对于慢阻肺(COPD)的喘促效果好,而对于心源性的气喘,效果就不如对于肺源性的好;第三层次是牢记老师独特的、有明确指征的用药规律，比如各类肺系疾病偏阳虚的患者，部分会自诉后背始终有寒凉感，区域约一块巴掌大小，范围大致从肺腧到心腧之间。此时 W 教授往往遵阳和汤法，在辨证论治的基础上加入麻黄和白芥子，常能明显改善其寒凉感。

总之，《中药学》是一门需要反复温习的课程，虽然我一开始走了些弯路，但很幸运地得到了 Y 教授"三遍学习法"及时指路，后来还经 W 教授传授的"三层次法"进一步开拓了思路。

（3）背伤寒

《伤寒论》有多重要，相信无论怎样强调都不为过。我在上中医求学时，虽然学校尚没有特别强调背诵《伤寒论》条文，但因为《名老中医之路》和许多老师都提倡背诵《伤寒论》，所以我曾约了两位同学一起背诵。图书馆中《伤寒论》原文的书籍非常多，我们从中选了一本最薄的，约定每天下午四点聚在一起背诵其中的一页，可惜坚持了一周左右就散了。

究其原因，一方面是因为课业比较多，学生活动也比较多；另一方面还是因为直接背诵条文太过枯燥了。后来我接触了多位临床做得不错的中医师，除了来自台湾的 F 医师和我的师叔 T 主任曾全文背诵《伤寒论》以外，部分能背《医宗金鉴》中的"伤寒心法要诀"，大都只是到熟读的程度。

对于初学者而言，背诵与《伤寒论》有关的歌诀性价比不高，全文背诵《伤寒论》的性价比就更低了。在师承时代，因为可供学习的资料比较少，所以背诵《伤寒论》《金匮要略》等肯定不会是一个错误的选择。而且那时的中医只要背功过关，很快就能出师看病，通过反复迭代，对于《伤寒论》经典条文自然越来越熟悉。而现在院校教育的时间比较长，虽然有抄方、跟师等形式补充，但毕竟现代法律不可能允许大家学了几个月就开始从业，因此中医学习者即使把《伤寒论》的条文背到烂熟，也会因为缺乏及时的实践而仍感到生疏。

2018年作为住院医师在急诊科轮转时，因为之前已经过了实习和规培阶段，所以我相对不再那么忙乱，在用西医急救手段以外，有了更多时间观察患者。随着科里反复组织业务学习、病例讨论，我越发觉得《伤寒论》中的"不……XX日"就像是查房记录。在查房之余，我尝试着把患者的表现和《伤寒论》的条文作对应，对于各类出汗、结胸、烦躁、小便不利等有了更直观的认识。有些临床表现结合现代医学的检测可以解释得更好，例如部分"悸""烦"背后是电解质紊乱，"眩"伴有血压的异常，"四逆"在有些患者表现为末梢循环差、指脉氧偏低甚至测不出，"大渴"在有些失能的患者身上表现为顽固性的高血糖和低中心静脉压。尤其是夜间，当患者病情加重时，表现与《伤寒论》条文中的描述就更为相像。后来我听说本院擅用经方的老师多有长期从事急诊或ICU的经历，更感到危急重症的案例最适合用来作为《伤寒论》的现代注解。多到急诊看看，尤其是参与夜间的抢救，不失为快速掌握《伤寒论》并将之学以致用的捷径。通过与现代医学的结合与梳理，或许有一天我们会看到类似名为"在急诊读伤寒论"的书籍，推动《伤寒论》在当代的应用。

那些跨过的"坎"

（1）取信于人

因为中医更偏文科一些，所以老师的风格也和我在北大读物理时接触到的很不一样。虽然也会有人讲求幽默风趣的授课风格,但是物理学院的师生普遍更接受的还是严谨的授课形式和严密的推导。相对而言,上中医老师的授课就显得灵活得多了。

我印象特别深的是教中医基础理论的 H 教授。她不仅将这门课的体系梳理得很清楚,而且经常会在课堂上"抖"一些小包袱。比如有一次她介绍解放前,一名开业中医为了取得患者和家属的信任,特别讲究"三头":笔头、噱头、行头。"笔头"是指开处方要有一手好字;"噱头"是指与患者沟通时要富有语言的艺术;"行头"则指医师四季都要有好的着装。H 教授评论说现在虽然"笔头"不太讲究了,但有"噱头"又有"行头"的医生还是更容易吸引病人一些。尤其对于中医而言,个人的魅力对患者的影响是比较大的。

听了 H 教授的话后,我豁然开朗,感觉跨过了一道"心坎":因为临床医学是要与人直接打交道的学科,所以一名中医学生从学习之初就应当了解怎样才能取信于人,而不仅是记忆知识点。后来我用这种视角看待中医课程,别有一番体会。比如 H 教授还组织中医 PBL 教学,期间略微指点了一下我们做 PPT,也很让人有启发。H 教授说她之所以能拿很多教学奖项,就是因为做 PPT 时善于运用链接,对知识点进行灵活的模块化组合,使其在串讲知识点的过程中"左右逢源"。

稍作引申,这种"左右逢源"不就是中医师在临床希望能够达到的境界之一吗?如果把一个病例看成一门课程的话,那么临证开方的过程和做 PPT 何其相似:在把一个病的知识体系梳理清楚的前提下,根据患者的不同需求引入相应的中药组合,就好像在主体 PPT 之中插入链接跳转的过程。谁能够更快地、有针对性地开具中药组合,谁就可能更快地取信于患者。

当然，对于 PPT 制作者而言，学会用链接跳转本身并不困难，难点在于把体系梳理清楚；类似的，中医师开方时通过"堆药"来实现对症加减并不难，难点在于从整体上把握某个具体病种的变化规律、取得良好疗效，最终取得最大多数患者的长期信任。

2011 年夏天，我在香山中医医院见习了三个星期，以门诊跟诊为主，对于中医师如何"取信于人"有了更直接的了解。因为当时还没有实行小包装饮片，香山的药师仍在按方称量抓药，所以我们能看到多样化的药量以及一些少见药材。门诊跟诊的两位老师都口碑很好、病人很多，不过思路不太一样。W 老师讲究用药力专效宏，所以对于一些肾病病人，能够看到 80 克附子这样的量，当然药量也是一点点加上去的。而 L 老师则讲究合方之妙用，用药比较轻灵，会用坎炁、九香虫之类不那么常用的药材，配合"焦三仙"等护胃小方，力保中气不败。诊余闲暇之时，W 老师喜欢聊天、谈论中药，而 L 老师则喜欢听音乐、看方剂书，他们都深受患者的信任。

相对而言，L 老师带教我们的时间更长一些，回答我们的问题也更多一些。他总能言简意赅地回答完，继续看书和听音乐。当时据说能够降血糖、降血压和抗癌的"明日叶"很流行，有好几个病人知道 L 老师一直身体不好，就买了送给他当保健品。L 老师有时遇到这些病友来，就会泡几片明日叶让他们高兴一下。我问 L 老师，"明日叶"到底功效如何？能否开发成新的中药材？L 老师笑眯眯地说，首先，如果明日叶的效果真能达到药用，那就轮不到大家拿来当保健品，药商早就采用了，调养身体还得靠久经考验的中药；其次，因为开发新的中草药涉及量产、炮制、检测和存储等一整套流程，所以作为临床医师，他从不考虑这些力所不能及的药材问题。

L老师类似这样清晰的思路还有很多,对于见习阶段的我而言帮助很大。抄了一段时间方以后,我也感悟到L老师处置疾病也有一整套清晰而简洁的思路。想来,在各个层级的医疗机构中,一定有许多类似L老师这样的思维清晰而缜密的中医,保一方病家平安,使中医在民间深得信任,口碑不绝、传承不断。

（2）取类比象

2003年9月,在北大物理学院的第一堂课上,Z教授着重为我们讲了物理学思维,强调科学必然能够"证伪",并将中医作为不能"证伪"的反例帮助大家加深理解。在上中医学习中医的过程中,类似的"证伪"话题也经常被提起,再进一步就是关于中医是否科学的讨论。有的老师认为中医不需要"证伪",只要有疗效就行;有的老师认为,只有动物实验与药理研究可以实现"证伪";还有的老师认为,只有高水平的临床研究可以进行真正意义上的"证伪"。

从物理学生到中医学生,关于中医能否"证伪"、是否具有科学性的思考是必须跨过的"坎"。我在刚进入上中医学习时,就这个问题请教了W教授,有幸得到他的指点:考虑到历史上医学是从"巫"分离出来的,西方医学与"巫"分开得比较彻底,因此更接近可以反复"证伪"的科学;而中医虽然早就将"信巫不信医"作为"六不治"之一,但是实际发展过程中和"巫"分开得不够彻底,所以能够"证伪"的比例就不如现代医学高,保留了比较多需要"取类比象"的成分。

W教授指点我以后,恰好有机会带我赴江阴参加了与"取类比象"思维有关的"五运六气"学术会议。这次会议最大的收获是结识了T师兄,后文还会反复提到他。这次会议对我最重要的影响是让我了解到"象思维"。在会议的自由讨论环节，我做了"不以术推以象推"的主题发言，而自动化领域的专家则在次日做了"既以象推，亦以术推"的发言作为回应，希望引入数理模型来使"象思维"更加规范、可重复，而不仅是停留在"象也者像也"的层次。引入数理模型的意义还在于：当人类有能力开展星际殖民时，可以用其在各个星球建立新的"五运六气"系统。即使在今天看来，当时的争鸣还是非常有价值的。

虽然"五运六气"有机械推衍的成分，但是"象思维"作为一种思维方式是具有普世价值的。后来我加入了 W 教授的工作室，他也非常重视"象思维"，还特意嘱我购买《中国象科学观：易、道与兵、医》进行学习。

在北大读物理时，Z 教授、院长 Y 教授、教授理论力学的 L 教授等许多老师都一再教导我们：首先要熟悉物理图像，而不要执着于公式和定理。后来从事 IT 工作，我也经常使用思维导图、结构图和甘特图等图像工具进行需求分析和项目管理。了解到"象思维"后，我觉得虽然其内涵非常丰富，但属于其核心的图像式思维可以作为物理、IT 与中医的结合点。

因为注重寻找中医的"图像"，所以我很容易就接受了从黄元御《四圣心源》到彭子益《圆运动的古中医学》中的气机运动图像，也较快地接受了辛开苦降等与气机升降有关的治法，以及"增水行舟""提壶揭盖""釜底抽薪""扬汤止沸"和"水火既济"等的治法。

基于这些认识，在学习中医的过程中我就比较容易保持平常心，并且采用了实证的思维：对于可以"证伪"的内容，像物理学定律一样牢牢掌握，并举一反三；而对于尚不能"证伪"的方法，比如某些中药组合就是能够使某些肾功能不全患者的肌酐水平下降，但并不适用于所有这类患者,就先持保留意见,但是可以试图从"取类比象"的角度去理解和记忆,并作为临床"工具箱"中的一个备用手段。

(3)取精用宏

在跨过"取类比象"的"坎"以后,我在课余继续参加了较多W教授领衔的团队活动。读到其"沉浸浓郁,取精用宏——读经典、做临床的体会"一文,起初我也只是觉得读过而已,直到2011年春在图书馆自习时遇到上一级的学长、后来成为我室友的Z同学,才感到"取精用宏"实在是中医学生需要跨越的又一道"坎"。

我听说Z是从高考大省S省考来上中医的,学习上特别勤奋,当时就问起他在读什么书。Z同学回答说正在"扫书架",准备在下临床前,把图书馆里与中医临床有关的书泛读完,随后再精读一小部分,今后下临床以后结合需要就知道大致应该深入读什么书了。

听闻当时他已经"扫"完了一半的书架,我对他肃然起敬,回想起在北大时,因为理科的课程比较难,我其他学科的书读得很不够,出了校门后才想到继续"补课"。而偏向文科的中医学不像理科,掌握了公式、定理就可以了,要全面了解一个学科历史上积淀下来的观点,最方便泛读的方法不是上网查资料,而是去图书馆查阅书中经过整理的知识,方有可能从大量材料中选取精华,以便未来能够充分加以运用。

后来我就以Z同学为榜样,除了在上中医的图书馆外,我周末还会去上海图书馆、静安区和普陀区图书馆以及上海书城"扫书架",不断实践"取精用宏"之道。

二、从做中医学生到做中医课题

经过漫长的历史积淀，中医学已经形成了丰富而庞杂的体系，如今又与以自然科学和市场经济为基石的现代文明碰撞出众多的火花，其中引人入胜之处俯拾皆是，很值得被中医学生作为课题进行探索研究，研究成果又能够用来促进学习。

在北大读书时，虽然也有本科生进实验室等计划，但那时我一心读书，还要辅修德语专业，所以没有怎么参与。参加工作后，我也是和设备与数据打交道为主，和人打交道的机会不多；而且工作流程比较线性，比较少处理并行的需求。回到大学校园后，我希望弥补一些遗憾，加之各位领导、老师也希望我能发挥转型前的工作经验、分享跨界的知识结构，于是我就参与了不少针灸类和中药方剂类的中医课题，并加强了项目管理和时间管理的能力。

针 灸 类 课 题

世间的道理多是相通的。比如经济学和社会学中常会提到"路径依赖"，该原理和物理学中的"惯性"很相似。根据"路径依赖"的惯性，因为转型前有相关领域的工作经验，所以我参与了许多和IT、自动化与仪器仪表等有关的针灸类课题。

（1）和IT有关的课题

2010年入学后，在学校引导下，我参与了针推文献教研室教学团队的部分工作。教研室主任X教授得知我的程序员背景后，很高兴地与我探讨通过IT技术推动针灸教学的发展。在她们团队此前搭建的 acumox.com 网站（现已停运）基础上，我先后引入了 Moodle 课程管理系统、MediaWiki 百科词条系统和 WordPress Multisite 多博客系统，在教学中得到师生们的欢迎。后来我们还用 Weka 对学生用 MediaWiki 进行探究性学习的过程进行了质性分析。

　　我利用课余时间完成了网站搭建并进行维护。因为是一个人来做框架的二次开发、测试、前端调整和服务器端的配置，还要配合课程进度，所以我常需要熬夜工作，比较辛苦些。开心的是，我在跟随 X 教授整理针推医籍、制作多媒体资源的过程中，通过"边做边学"的方式了解到很多课本以外的针灸和康复知识。

　　另外，X 教授读书不倦，常向我们推荐一些有意思的新书，比如《气的乐章》《内证观察笔记》《人类一半是外星人，一半是地球人》等，让我得以从不同角度思考经络的本质，很受启发。X 教授还有许多体制外的朋友，他们的治疗手段和策略常令人大开眼界。其中我印象特别深的是肖然老师及其所著的《七种体型隐藏的心灵密码》，颇能供思考身心能量的整合借鉴。这些都助力了我后来在临床上开阔思路，牢记内科用药以外还有经络之道与调心之理，并提醒自己医无定法、法外有法。

　　在做针灸教学网站期间，我还搜索到某英文针灸软件很不错，就与其开发商联系试用。某次查阅作为帮助文件的英文文档时，我发现其严重偏离中医基础理论的认识。好在软件开发商是德国公司，我在北大时又辅修过德语专业，于是我查阅了德语的文档，发现还是忠实于中医本义的，就赶紧写邮件向开发商报告问题。

　　软件开发商很重视，看了我举的例子，很快回复说非常抱歉，因为之前英文文档是委托志愿者书写的，所以没有严格校对，并表示希望我能完整校对英文文档,愿意将一个软件的永久使用权限作为报酬。我当时想报酬还是其次,关键是能够将英文文档的错误纠正过来,不让"外面的世界"以讹传讹,也不失为中医作了贡献。随后我花了一个多月的时间完成了校对,查阅了许多中医英语资料和外文网站,顺便复习了中医基础理论课程。在此过程中,我发现海外网站上虽然关于中医的描绘插图很精致,但是理解上真的存在很多问题。就拿最基本的五行来说,可以看到许多网站上的描述类似图1-1。

图1-1 国外网站上的五行生克图

此图在五行相生(generating)以外,加入了与之反方向的所谓"削弱"(weaking)关系;还把相侮(insulting)关系提到了与相克(controling)同样的层次,混淆了五行生克的正常状态和反常状态。由此可见,中医术语的标准化和国际化任重而道远。

(2)与自动化和仪器仪表有关的课题

2003年我在北大物理学院做毕业论文,为了研究肖特基二极管的伏安特性,就设计了"变温肖特基二极管特性测试仪",后来获得了国家发明专利。研制过程中,我曾在导师 X 教授的指导下,向粒子物理有关团队请教,在测试仪中加入了加速器中采用的微电流检测电路,没想到若干年后在上中医又用上了。

当时,在 S 老师的引荐下,我参与了针推学院经络腧穴教研室 S 教授团队的部分科研工作,得知腧穴电特性检测团队遇到了仪器量程偏小的问题。当 W 教授说这可能是由于电路设计比较原始、无法测量体表微电流的原因,我自然想起了上述微电流检测电路。通过电路仿真,我认为可以解决这方面的问题,于是就在 S 教授和 W 教授的全力支持下,在课业之余设计、组装"穴位伏安特性测试仪",并用 LabView 软件编写"穴位伏安特性测试系统"。

但因为我毕竟是理科而不是工科出身,其中难免多有波折,所以我决定 2012 年暑假一直"泡"在中医经络腧穴实验室中,加速测试系统的研制。8 月底总装前,系统的每个模块调试都没有问题,但当我着手总装后,发现信号"飘"得厉害。正当我不知从何处下手进一步调试时,共同跟随 C 教授学习针灸的 I 师姐过来看我。

I 师姐来自香港,在同门之中素有思路活跃之名。那天她在隔壁实验室养细胞,听说我在总装仪器,出于好奇就在实验间歇过来参观。她虽然完全不明白电路和电子元器件是怎么回事,但是不忍心看我焦头烂额,还是问了下我遇到的问题,并协助我整理散乱的电线。得知是信号不稳定后,她问了句"就像被风吹过一样吗?"听到"风"这个字以后,我鬼使神差地想到了"风为百病之长",感觉到实验室门口吹来的风,就走去把门关上了。然后穴位伏安特性测试系统的信号居然稳定下来了!

我自然非常感谢 I 师姐，而她也恭喜我将系统总装成功。事后反思了下，因为我所在的实验室同时在做动物实验，味道比较重，所以习惯间歇性地开门通风。而走廊上有不少大型设备，这就使伏安特性检测仪可能受到其高频电磁干扰。关门后没有了干扰，信号自然就稳定了下来。毕竟是研究用的设备，我之前没有考虑电磁兼容性的问题。这个案例虽然是巧合，但因为是转型学习中医的路上，难得遇到的成功"文为理用"的情况，所以特别值得纪念。

后来在临床上遇到病情反复波动的患者，我也会想起这段经历，并遵 W 教授"顽病不妨治风"的思路，酌情在辨证的基础上加入防风、羌活等祛风的药物，能够观察到部分患者的病情得以稳定下来。

另外，在设计设备的电路时，我还得到了在仪器仪表设计方面拥有多年经验的 Z 工程师的帮助。得知我的转型经历后，他很支持我的跨界探索，并用《格言联璧》中的"读书即未成名，究竟人高品雅；修德不期获报，自然梦稳心安"鼓励我淡泊处世。

设备组装完成后（图1-2），使用效果还是比较好的，但对于少量受试者仍然会发生电压钳制或曰截断的问题。这可能是源于生物阻抗的混沌现象，即其与非生物阻抗不同，会随着输入能量的微小变化而发生巨大的变动。后来我带设备参加了复旦大学的有关比赛。西医学科的老师对该设备是很认可的，但理工科的老师对其并不认可，理由大致是考虑到经络检测仍属于黑箱方法，因为背后的原理不明，所以检测的不确定性太大。

我把复旦大学老师们的意见带回学校和 S 教授、W 教授等深入探讨后，觉得人体表面的阻抗因为混杂了皮肤电、心电等，确实

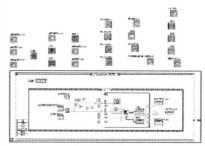
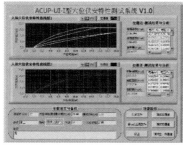

图 1 - 2　ACUP - UI - I型穴位
伏安特性测试系统

　　影响因素太多。如要准确、可重复地进行测量,那么就需要用有创的针刺来检测体内的穴位阻抗,而有创检测能够应用的领域就比较有限了。如要对体表的穴位阻抗进一步分析,则需要更多的数据,建立全面的等效电路仿真模型,因为时间和精力都有限,在这个方向上我就没有作进一步探索。

　　不过当时我想到,既然伏安法的研究手段受到限制,那为何不直接研究穴位阻抗的混沌现象呢? 于是我在 2012 年申请了发明专利"基于虚拟仪器的人体穴位混沌特性测量仪及其测量方法"并获得了授权。非常感恩的是,S 教授力排众议,力挺我作为第一发明人。当时我还懵懵懂懂,后来才知道 S 教授需要顶住的压力有多大。比较遗憾的是,2013 年 1 月开始下临床以后,我虽然利用一点业余时间完成了初步的虚拟仪器程序的编写,但实在没有精力将混沌特性测量仪变成实物并采集进一步的数据了。

这段经历虽然颇多波折，但还是让我很有收获，最重要的是让我对经络检测的各个方面，特别是局限性有了比较全面的认识，同时也更感叹中医的神奇和伟大：在没有仪器测量的时代，先人就能够感知并运用经络现象守护人类的健康。

这段经历也激发了我对于经络和穴位的喜爱。2013 年小学期（上中医实行三学期制）在某社区卫生服务中心见习，中午休息时我和 Z 同学到附近的小商品市场随便转转，结果发现了"激光内雕"这种精美的工艺品。我们都觉得这种形式很适合用于表现立体的经络和穴位模型，就在小学期结束后申报了一个科创项目。我们请做游戏人物雕塑的朋友设计了 3D 模型，并通过万能的某宝商家做了一批小型内雕样品（图 1 - 3），还申请了好几个外观专利。后来我们发现激光内雕虽然精美，但为了表现细小的穴位定位，需要做得比较大，导致成本太高，定价会超过人们对工艺品的承受能力，所以就没有深入做下去。从技术实现上来说，今天日益成熟的 AR 和 VR 技术可能更适合用于经络穴位的立体展现。

图 1 - 3　中医经络相关激光内雕工艺品

中药方剂类课题

除了通过参与针灸类课题促进对于经络和穴位的学习以外，以中医内科为主要学习方向的我还参与了不少和中药、方剂等有关的课题。

（1）和中药有关的课题

中药学是中医学生的必修课，所谓"三遍学习法"已在第一部分说明。而在 2011 年春季学期的中药学课程开始以前，我还和班长 Z 同学讨论了组织集体学习的可能性。中药学虽是极为重要的课程，但以记忆为主要特点，内容多而杂，在学习过程中，难免会感到抽象、枯燥、单调而难于记忆。

因为之前用 Supermemo 软件背过 GRE 单词，所以我提议用同样基于间隔重复（spaced repetition）算法、能够对抗艾宾浩斯记忆遗忘曲线的开源软件 Mnemosyne 来制作中药学知识库。顺便提一句，随着智能手机的普及，PC 时代的 Supermemo 和 Mnemosyne 逐渐淡出人们的视线了，记忆类 App 中主流的是 Anki。

Z 班长很支持这个创意，并经辅导员 W 老师同意组织了以此为主题的班级活动，发动全班同学按统一的格式分头准备中药知识条目，以便建立知识库。为了使知识库中的词条图文并茂，同时加强对于中药的感性认识，我们还组织了感兴趣的同学利用周末课余时间，先后到雷允上和南汇区中心医院的草药房拍摄饮片照片。

收集到大家提交上来的中药知识条目后，我逐一抽取了各中药的功效、主治中的知识点，再通过编写文本处理脚本，将知识条目拆解为一系列问题，配上饮片照片后，最终完成了可供记忆学习的知识库，并以班级课题的名义申报了大学的"神农杯"大学生课外学术科技作品竞赛，获得了不错的名次。

到了2011年秋季学期，课题核心团队接校团委通知，申报首届"天堰挑战杯"全国中医大学生创意设计竞赛。我阅读了参赛说明，觉得该比赛更偏文化创意一些，除了上述用于神农杯的记忆知识库项目以外，就又写了四份参赛申报书，由团队成员分头申报，后来其中的"人体经络穴位3D挂图创意"获得了模型组全国赛的二等奖。

不过在这些创意中，我自己最喜欢的是"药王道"桌面游戏项目。因为那时宿舍同学都在玩"三国杀"，我本来是想设计类似"中药杀"或"穴位杀"的，后来考虑到还是太偏娱乐了一些，所以设计了一款偏向记忆和教学的桌面游戏。该游戏参考了"权力的游戏"系列桌游的设定，由游戏参与者掌控不同"门派"的角色手牌，以收集中药玉版、最终成为"药王"为目标。"药王道"后来获得全国赛的优胜奖。

在天津参赛时看到游戏设计类的创意不少，我觉得在中医科普和文化推广方面，桌面游戏（包括"剧本杀"）和电子游戏都是不错的切入点。不过中医与游戏的结合并不容易。现在的许多玄幻和仙侠类游戏中都带点中医文化元素，但并没有多少真正的中医内涵。而2021年我看到Steam平台上的《中医模拟器》，非常惊艳，但因为这款游戏对外行而言就是另类探案，对中医人来说则是界面比较好看的考试平台，所以教育性远大于游戏性。但不管怎么说，游戏开发者的情怀令人钦佩，毕竟此前谁都没想到可以在

Steam 平台上学中医,所以该游戏的平台好评率高达 100%。

(2) 和方剂有关的课题

制作上述中药学知识库时,因为大家都是利用课余的时间完成工作,组织上也比较随缘和松散,所以进度拉得很长。待知识库完工时,课程已经快要结束了。于是我们在 2011 年秋季学期伊始,准备方剂学课程的知识库时吸取了教训,精简了团队,集中力量在比较短的时间内制作了以方剂歌诀为主体的 Mnemosyne 知识库,在课程学习中就可以用上了。

在这个知识库的基础上,我们想把中药学和方剂学的知识库串联起来,于是就申请了一个科创课题,并邀请了为我们讲授方剂学的 W 教授作为指导老师。因为 W 教授自己做过许多数据库课题,所以我们交流起来很顺畅。当时还是她的博士、后来留校任教的 Z 师姐也给了我们许多指点。因为是同龄人,所以她在运用计算机技术辅助串联方药方面的思路更多一些。期间我还结合部分资料,在此前用 Excel 整理的"抄方助手"工作簿的基础上,用 C♯ 与 Access 开发了"学方助手"教学辅助软件(图 1–4)。

最后,我们考虑从思维导图或曰概念图的角度入手串联方剂和中药的知识库,并选择了 PersonalBrain(现已升级并更名为 TheBrain)作为构建方剂-中药思维网络的工具。作为学习者,我们在过程中回避了术语统一性的问题,只求先将网络构建起来。最终的研究成果发表在《中医杂志》上。

整理完方剂-中药网络以后,虽然很有收获,但总感觉还没有把方剂和中药的关系梳理清楚,特别是从程序完整性的角度考虑,我觉得疾病这块比较欠缺,于是希望通过中医内科学(以下简称"中内")的知识点进行补充。

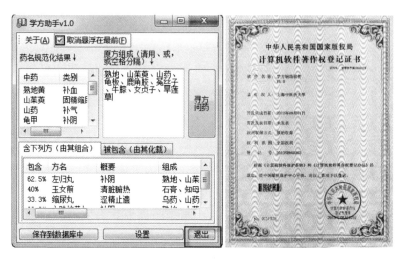

图1-4 "学方助手"教学辅助软件及其软件著作权

2012年学习了第一学期的中内课程后，我感到有两个问题：首先，因为中内教材所选方剂大多与方剂学课程不同，而且课程由临床医师主讲，他们不像大学教师那样熟悉基础课程教材，所以中内与方剂学等课程的学习缺乏连续性；其次，中内许多病种的不同证型选用的是同一首方剂，体现了异病同治，但缺乏梳理。

2012年小学期里，我想到暑假会有比较充裕的时间，就约H学长针对上面两个问题全面梳理中内教材。梳理过程对我来说，是在复习前半本教材的基础上预习后半本教材；而对H学长而言，则是全面复习整本教材。最终我们用Excel建立了中内数据库的雏形。

对于中内和方剂学连续性的问题，我们当时考虑：参照辨证论治的定义，分别将中内证型与方剂原子化，按照病性、病因病机和病位进行一一对应。例如感冒的风热犯表证，其病性属实，病因病机是风、热，病位在肺，中内教材中的选方是银翘散和葱豉桔梗汤。对于《方剂学》教材中我们熟悉的方剂，只要也按照病性、病因病机和病位进行原子化，就可以比较容易地对应起来，实现用熟悉的方剂去对应中内证型的目的。不过后来因为时间关系，方剂的原子化没有完成，但即使如此，对于中内的梳理已让我们很有收获。例如对于肺系疾病，我们可以使用 Excel 筛选出中内教材中所有与燥邪有关的疾病证型，如咳嗽属燥邪犯肺证、血证咳血之温燥证等，启示我们思考不同疾病的共同的病因病机。

而关于异病同治的问题，也可以通过 Excel 数据筛选功能进行研究。例如中内教材中，龙胆泻肝汤被大量选用，可治疗血证鼻衄、耳鸣耳聋和血证吐血之火热炽盛证、痫证之痰火扰神证、郁证之气郁化火偏实火证、不寐之肝郁血热证、阳痿之湿热证、自汗盗汗之湿热蕴蒸证以及胁痛之湿热证等。临床医师如能灵活应用，可获桴鼓之效。

有了用建数据库的思路和表格化形式梳理中内教材的经历，我更加重视通过主动输出串联以往学习过的知识点。在临床轮转过程中，我会不时拿出中内教材的梳理表，通过数据筛选来思考疾病，常有温故知新的感受。后来读到鲍艳举和花宝金等老师编著的《常见病抓主证与辨方证》，我发现其中也是用表格化的形式，用《方剂学》中的常用方剂串起了中医内、外、妇、儿各科的常见病症，对于病机辨证还融入了"时方派"的八纲与气血津液辨证、"经方派"的六经辨证等方法，实现了"病症、病机、方证"三法合一，无论是对于启发临床思路还是供编程进行计算机辅助开方都很有参考价值。

值得一提的是，我们的研究开始后一年，2012 年 5 月 Google 首次提出知识图谱（knowledge graph）的概念并得到广泛接受，此后各通用领域和特定领域的知识图谱相继发布。现在想来，对于计算机辅助开方而言，真正需要构建的就是疾病-方剂-中药三者综合在一起的结构化的知识图谱。作为知识管理工具的 PersonalBrain 得到的思维网络并不符合结构化标准，而那时 Neo4j 等专门化的知识图谱可视化工具还没有成熟，我们接触不到，颇为遗憾。回顾这段往事，我有时不禁感慨：要进行跨界研究挺需要机缘的，早了不行，晚了也不行。

有关项目管理和时间管理的体会

如上所述，我在做中医学生之余参与各类课题，常有"分身乏术"之感。好在有基础医学院学生工作处的 Z 老师，她就像一名称职的项目经理，总是在我课业繁忙时予以鼓励，在我进度落后时加以引导，提醒我分清项目中的轻重缓急；她还在报销、审批等环节指导我用好"委托"，并规划好课余的碎片时间。

此外，Z 老师还积极为我引荐校内外相关领域热心的老师，寻找可加速解决问题的资源。例如，2012 年我们以"360 健康秘书"中医 App 参加"挑战杯"全国大学生课外学术科技作品竞赛时，在 Z 老师及团委 C 老师等引荐下，得到了校外导师 Y 老师的指导。因为爱好中医的 Y 老师当时自己也在创业做类似的 App，所以他给了许多建设性的意见，帮助我们过关斩将、从上海赛区一路走到全国赛。

Y 老师教了我们很多，其中最重要的一条是"专业的事情交给专业的人来做,合作才能成大事",而这也是 Z 老师经常提点我的。到上海赛区时,我们明显感到团队专业构成太单一,综合能力不足。好在队长——七年制的 W 同学大学一、二年级时曾在上海交通大学(以下简称"上海交大")读书,她有不少经济学和管理学专业的好友。在 Y 老师指导下,我们就邀请了她们作为"外援"加入团队。

上海交大的伙伴们很认可 W 同学,并对中医药有一定的兴趣。作为跨专业高年级的优秀学生,她们加入团队后作出了很大的贡献,不仅全面提升了商业计划书的专业程度,而且带来了新的项目管理方案,比如使用 ZOHO 的 SaaS 线上服务平台以确保时间进度等。

最终上海赛区的 PPT 汇报由 W 同学、上海交大的 X 同学和我共同完成,取得了"嘉定新城杯"第七届上海市大学生创业计划大赛的银奖,此后又在第八届"挑战杯"复星中国大学生创业计划竞赛中获得铜奖。一年后,还有上海交大的伙伴凭此奖项增加的积分顺利留沪,大家知道后都非常高兴。

综合上述经历来看,我的体会是中医学生可以通过三方面来提升项目管理和时间管理能力:首先要在实际课题中"抗压",第二应参与优秀的团队合作,第三需要有好的指导者。最后一点尤其重要:如果没有 Z 老师,那么我在母校的课题研究几乎是无法想象会如何开展,也不可能有诸多的软件著作权、专利等成果,更不可能拿到"挑战杯"奖项。还值得一提的是,在我下临床实习前,Z 老师关于日益加剧的医患矛盾还给了我特别赠语:不要站在病人的对立面,要始终与病人站在一起,共同面对疾病。她的话语虽然朴素,但道出了维护好医患关系的真谛,让我更快地从一名中医学生转变为能够与患者共情的临床医师。这可以说是我做中医课题以外最重要的收获。

三、从做中医学生到做中医学问

做学生是一时的，而做学问则需要一辈子。对于几乎可以永不退休的中医人而言，如果能在学生时代就寻找到一个值得长期做学问的方向，那无疑是一件非常有"复利"效应的事情，只是并非人人都能有这样的幸运。在上中医的校园里，除了通过做各类课题来广泛涉猎中医药知识以外，我一直留意着让人充满兴趣的学问方向，并在编书的过程中效仿前辈们做学问的具体方法。

兴趣是最好的老师

爱因斯坦曾说过："兴趣是最好的老师。"一门学问如果要做一辈子，那么没有兴趣是万万坚持不下去的。而这样的兴趣还不能太小，否则也不足以做一辈子。在上中医，班上同学普遍比我小5岁左右，是思维非常活跃的"90后"。尤其在大学里读书的时候，他们受到的束缚较少，常常在讨论中迸发出让人充满兴趣的火花。我与室友D同学讨论最多，在他的鼓励和启发下，我持续收集着有关中医各方面研究的兴趣点，简称"奇思妙想"，12年来已有400余条。

在与D同学的讨论中，最有意思的方向有两个，分别是将数学上的充分性和必要性命题思维用于思考中医的名言名句，以及构建"雪神派"学术体系。

（1）将命题思维用于思考中医名言名句

我和 D 同学发现：中医的许多名言名句多是以充分性表达的原命题，如果思考其逆命题（即必要性）、否命题和逆否命题，就会有新的收获。

例如《素问·逆调论》曰："胃不和则卧不安"。从逻辑学的角度，该命题可以写成：胃不和→卧不安，即胃不和是卧不安的充分条件。将之扩展思考：

A. 逆命题（必要性命题）：卧不安会导致胃不和吗？很难讲，临床上似乎没有直接关联，卧不安可能和高血压等现代疾病关系更大一些。

B. 否命题：胃和则卧安。该命题也未必为真，因为很多患者没有胃部疾病，睡眠依旧不好。

C. 逆否命题：卧安则胃和。这在临床上倒可能是真的，病人只要能睡好，多数肠胃不会太差。那么，基于此，对于肠胃不佳、睡眠稍欠佳（比如梦稍多一点、早醒一点之类）的患者，能否通过改善睡眠来减轻其消化系统的症状呢？或许值得尝试。

我们对于用命题思维探讨中医很有兴趣，一度设想用这一思路来梳理常见的中医名言名句。不过 D 同学先请教了其导师 Y 教授，他认为这么做很可能事倍功半。原因在于，中医名言名句的生命力在于其特定的应用场景，某条名言名句是否能成为真命题取决于许多临床因素。Y 教授指出，在临床经验尚不足的时候，先验地假设某名言名句为真命题并不合适，更不用说去思考其他命题了。

尽管如此，Y 教授还是肯定了我们对于中医的热情，鼓励我们在学有余力的情况下，去检索 20 世纪 50 年代中医文献中的各类

"命题"。他说刚建国时,人们的思想比较淳朴,能够毫无保留地贡献经验,而且当时中医受现代医学思维的影响少、受职称晋升等考核的压力小,所以容易找到干货。我因为要下临床,就没有再深入做这方面的工作,而 D 同学的毕业论文与这一思路有关。

后来我查阅到朱光宗与李留记等先生所编著的《50 年代亲献秘验效方珍集》,如编著者在前言中所说,书中所载处方多为 20 世纪 50 年代医界人士捐献出的祖传绝技、家传秘方,经其临床使用屡见奇效。这说明两位编著者的思路与 Y 教授是一致的,而且他们早就行动起来,耗时约 10 年编了这本非常有价值的工具书供大家借鉴。这段经历也提醒了我,做学问不仅需要兴趣激发,更需要持续投入。

(2)构建"雪神派"学术体系

在校园里,大家最感兴趣的话题莫过于阴阳学说,因为这属于哲学范畴,可以用于许多方面。那时"火神派"风头正健,我和 D 同学聊起:如果火神派属"阳",那么是否有相对应的属"阴"的学派呢?

我们一起查阅了公开资料,发现没有特别合适的,就兴致勃勃地畅想开创一个"雪神派"出来:以清热养阴为基本治法,奉张锡纯为"祖师爷"(主要是因为他擅用石膏);考虑到药物经济学,我们拟以石膏、黄连、知母为"雪神三药"。我们甚至一起在宿舍阳台上种植知母以观察生药习性,还对《备急千金要方》(又名《千金要方》,简称《千金方》)《千金翼方》《外台秘要》中含有黄连的小方作了统计,为后来进行中药数据挖掘打下了基础。

不过我们深入阅读"火神派"的著作后,才知道不论其是对是错、是否科学,其底蕴来自几代人持续地做学问,以及众多尚未公开发表的医案,类似的学术体系绝不是仅凭兴趣就可以构建起来的。或许正是类似的"长期主义"的精神,让中医的各个流派超越了创立者的个体兴趣与其学问的时代局限性,传承不绝、百花齐放,为我们后辈留下了宝贵的财富。

编书点滴与治学门径

在北大物理进入高年级后,我印象中一直在做实验;而转型学中医一段时间以后,我印象中一直在编书:在学校里参与古代文献的整理、进入名医工作室后参与老师经验的总结和对于专科专病的文献梳理、到科室后汇编全国各地的名医经验、参编科普书并撰写各类教材。这可能是偏向文科的中医学习和理工科学习具有很大不同的地方。

回想起来,编书的过程因为需要"强制输出"、让人必须进行主动思考,所以比单纯的读书更能促进知识体系的形成,所以既是一种很好的学习方法,又是持续做学问的巧妙着力点。在校园里编书过程中,T 师兄和 Y 教授对我帮助很大,让我得以管窥治学的门径。

(1)严谨踏实的 T 师兄

在参编的所有图书中,第一本书《国医养生名篇鉴赏辞典》是令我印象最深刻的。从 2011 年夏天开始,我跟着 T 师兄全程参与了该辞典他所主导部分的选材、分工、进度控制和审稿等。期间我还跟着 T 师兄学习了许多查找古代文献的方法,并了解到历史上不同版本的差异,为后来参与各类图书的编写打下了很好的基础。另外 T 师兄对文稿的要求非常严格,对古文的注释和考据、文字的通顺度、论述的逻辑性等都容不得一点"捣浆糊"(沪语,谓在学术上似懂非懂、马马虎虎、敷衍了事等),我们的稿子基本都要至少改3次才能过他这一关,有一位师兄的稿子甚至被退回去修改近10次。

T师兄的严谨、踏实也是传承自其导师W教授。因为都是用业余时间编书,所以为了保证质量和进度,W教授常需要凌晨四点起来写作。他们严谨、踏实的学风让我非常钦佩,也明白文科做学问的艰辛程度不亚于理工科翻班做实验。

(2)勤奋高产的Y教授

与Y教授的缘起是在上中医的一家打印店里。2010年我选修了中医英语课程,从图书馆借了《医学英语术语教程》,在打印店里复印循环系统的部分。Y教授正好也在打印,看到我在复印,就问了句"在复印什么呢?"我当时还不认识Y教授,就如实说了情况,并评论了句这本教材的循环系统部分总结得特别好。Y教授很高兴,邀请我去他办公室,还说要送我一本教材。后来我自己出了书,就特别理解Y教授当时的心情,因为对于倾注了心血的书籍,就像是自己的孩子一样,一句赞美带来的快乐是无价的。

就这样,我和Y教授慢慢地熟悉了。正好我住在离他家不远的社区,他就邀请我去他家玩。在他的书房,我得以见识到一名文科教授编书、做学问的装备:满满的书架、一个又一个整理妥当的资料柜、经过精心组织的电脑文件系统、IE收藏夹里仔细分类的英语资料链接……在兴致勃勃的讨论中,Y教授不断迸发思维的火花,并先后邀请我参与了《黄帝内经素问新译:中英对照》和《中医临床经典语录荟萃》等书籍的编写工作。回想起来,Y教授之所以能够高产而著作等身,除了因为非常勤奋以外,还因为其摸索出的方法已经很类似卢曼卡片笔记法了。这类方法对我后来参加各类书籍的编写都很有帮助，也使我相信做学问者能凭借其实现持续输出，使得"功不唐捐"不再仅是一句自我安慰的话而已。

第二章
如何读书

这里所说的"读书",主要是指读教材和考试辅导书以外的书。如前所述,在校园里秉承"取精用宏"的思想读书之际,我关于读书的频率、态度和范围各有一些体会。

一、手不释卷

学中医后,我读书的频率要远高于学物理时。此前学物理的时候,一个公式会了就是会了,图像清楚了就不会忘记,几乎不存在需要反复阅读、隔一段时间要回去翻公式的情况,最多是记不太清楚个别符号时再去查一下。从事 IT 以后,我周末一般会翻阅最新一期的《程序员》杂志(2015 年 1 月起休刊),每个月去一次上海图书馆或上海书城集中地看些技术书籍。虽然常常要尝试新的语言、框架,寻找新的解决方案、跟随最新的潮流,但读书的安排多是"脉冲式"的。

而学中医以后呢,我发觉大多数的书都需要反复读。国医大师裴沛然就曾总结出"猛火煮，慢火温"的中医经典读书法。大学室友 W 同学假期回无锡，跟随当地一名 90 多岁的名医抄方，回来跟我们说老先生临证之余手不释卷，让他觉得惭愧无比。因为周末回张江坐地铁时间较长，所以我习惯在包里放一本纸质书，有空就翻翻，断断续续也读了不少书。有时遇到也在地铁上看中医书的同学，不禁相视一笑。现在智能手机普及了，更多是用 App 读书，但每天读中医书的习惯还是坚持了下来。

对于理工科的人而言，读书就像往工具箱里装榔头、钳子一样，安放好以后总是在那里；而对于中医人而言，读书就像吃饭，昨天吃过，今天还是会饿，所以只有每天都读一些，才能不断进步。

二、不可尽信书

理科学习中，大量时间被用于做题和做实验；而学习中医后，大量时间则被用于读书，有时难免迷茫：书里写的都是真的吗？2010 年入学后，我在上海市市西中学高中就读时的恩师、上海市生物特级教师程元英女士得知我转型中医后，特地送了我一套她珍藏的中医教材。这是她在 20 世纪六七十年代读生物学师范专业时所用的教材，比中医界公认为经典的五版教材还要年代久远。对比现行的教材，我发现其中时代的痕迹比较重，甚至有部分与现行教材相反的内容。后来在上中医的图书馆中，我翻阅了一批同一年代的书籍，发现有类似的时代痕迹，编者也良莠不齐，如有的编者按照自己的理解直接更改《内经》等经典古籍，只在注解中提到原文。

之前读理工科教材和参考书时，这类情况比较少。我不禁想到最初为了申报专利、学习知识产权法时了解到：法学与理工科专业最大的不同在于，有关条文会因时、因地而变，不存在"放之四海而皆准"的情况。推而广之，文科专业和理工科专业都会有类似的不同。而中医的特殊之处在于，虽然是医科，但其更偏文科一些，所以也会有这样的属性，比如古籍流传中有诸多版本。可以说，正是程老师给我的这套教材，启发我比较早地意识到了这种不同，有了先看版本的意识和习惯，并时刻提醒自己"不可尽信书"。

三、读有字书

2010年刚进入上中医时，我常以北宋大儒张载的名言"为往圣继绝学，为万世开太平"勉励自己好好学习中医，一边通过读教材、听课接受学院教育，一边通过读《名老中医之路》来寻找学院教育以外的传承中医、发展中医的途径。

恰好当时在学生工作处的M老师也在看此书，我们交流后彼此启发，很有收获。《名老中医之路》实在是一套可以常读常新的书，要了解近现代中医的发展，这套书是绕不开的，因为今天的学院派中医已经不可能再有这些名老中医的经历了。除了通读，还可以"凭感觉"细读某位名老中医的篇章。人和人有很大的不同，虽然能够成为名老中医有一定的"共性"，但对于个人学习中医而言，其"个性"，或曰其文字、成长经历是否让你觉得"喜欢""有共鸣"，则更为重要。而且因为临床经验的深浅、遇到的病种差异、心理结构的成长，所以中医学习者在不同时期读此书，关注到的医家也会不一样。

后来我读到了《中国百年百名中医临床家》丛书，收录的医家

较《名老中医之路》更晚近一些,故更接近现代中医临床,其中关于
医家成长经历的部分可以和《名老中医之路》参看。

四、读无字书

《红楼梦》中有言:"世事洞明皆学问,人情练达即文章"。相比
于上述"有字书",在校园里读到"无字书"的机会更为可贵。我很
幸运地在校园里遇到了两位宛如"无字书"的学生,他们一个把爱
好做成了事业,另一个把技术做成了艺术。

把爱好做成事业

W 教授曾提点我说:从大的角度来讲,发展中医不止临床一
条路,还有科研、教学、科普、公共政策、预防保健和文化产业等多
种途径,共同作为"大健康"事业的组成部分。

说起中医文化产业,我印象最深的要属 2012 年遇到的 X 学
长。他是七年制针灸与推拿专业的,科研能力很强,曾只身前往位
于北京的某国家重点实验室工作了 3 个月,研究针刺对于延缓肌
肉衰退的作用,也取得了令人鼓舞的数据。

不过 X 学长的兴趣不在科研方面,而是醉心于中医传统文
化。他和室友一起研制中医药领域的仿古品和装饰品,比如:印
有明堂图的卷轴;线装本的《素问》《灵枢》;以及有关阴阳、五行、八
卦、节气养生,及印有名医名句等的挂画等。每当谈起这些,他就
津津乐道,对于产品所选的纸张、轴材、颜料、不同地方师傅装裱的
手艺做工等如数家珍。毕业后他顺理成章地进入这一领域创业,

发展得不错。

中医药博大精深，人民群众也有对于文化事业的需求，中医学子如果能从文化角度做一些工作，也是有机会做出一番别开生面的事业的。最关键的是，X学长始终在做自己喜欢的事情，能够把爱好做成事业，不失为人生的一种幸福。

把技术做成艺术

在校园里跟随C教授学习针灸的时候，我遇到了韩国留学生C师兄。C师兄中文很好，一点听不出外国口音。让人印象更深刻的是他那快速而优美的操作：无论是拔火罐还是扎针，他都给人一种赏心悦目的感觉。

拿拔火罐来说，我曾留心观察过：C师兄应该是先目测准了取火罐的距离，这样实际操作时，不用看就可以从篮中取罐，不仅拔罐速度非常快，而且在患者背部摆放火罐极其对称。因为没有多余动作，所以他整个拔罐过程如行云流水一般，病人的体验也非常好。

虽然大致知道C师兄这样操作的原理，也被他指出在许多细节处理上"动作太慢"，但我在门诊之余练了多次，还是无法达到他的程度。可能因为其他师兄师姐也做不到他那样熟练吧，所以只要他忙得过来，熟悉的老病人都会要求由他来拔罐。

后来某天因为病人实在太多，抄方的学生们忙不过来，C教授就亲自为患者拔罐，比C师兄还要流畅。我们还没怎么看清楚，患者背上已经拔满两排罐了。我当时不禁感慨，如果要把技术做成艺术，那么师承、天赋和勤奋三者缺一不可。

第三章
如何实践

正所谓"熟读王叔和，不如临症多"，中医的生命力在于临床，学习中医的核心也在临床。在校园学习阶段，随着学习的进展，我努力寻找着中医诊断、食疗、外敷、内服等方面的实践机会，为未来的临床作准备。

一、诊断

初学中医时，大家最有兴趣的往往是脉诊和望诊，尤其是后者精彩纷呈的局部望诊法，比如面诊、舌诊、手诊、足诊等，许多民间高手也以能够通过局部望诊准确推断疾病而著名。在上中医，除了教材里的内容，我还花了不少时间学习各个流派的面诊、手诊与脉诊方法，后来还见识了触诊法的神奇。

手 诊 法

因为面诊和手诊与传统面相、手相等相术的内容多有重合，所以中医望诊颇有神秘色彩。然而从健康的角度考量，中医局部望诊有时会得到和传统相术不尽相同的结果。2011年某个周末，我和金融界的朋友们吃饭，席间他们介绍我认识一位青年才俊Z先生，说他非常厉害，做什么成什么，被人开玩笑说是财神附体。Z先生20来岁，非常胖，听说我学中医，立刻笑容满面地把手掌伸过来给我看，要我帮他分析财运。他说自己这几年太顺了，担心"满招损"，想提前做些准备。

我看Z先生手部肌肉丰厚，大鱼际隆起，范围明显偏大，小鱼际也隆起、偏红，各丘都有隆起，心区还有十字交叉纹，结合当时了解到的手诊知识，认为他有高血压、高血脂、心脏病，需要注意预防中风和心梗。不过席间的气氛不适合说得这么沉重，我只好打了个哈哈，说果然是富贵手，不过要预防富贵病噢。Z先生听完大笑，说早有"高人"说他的手相是"聚宝盆"，富贵非常，然后就没有聊下去了，估计他能明白笔者的意思。后来在管理病房的过程中，我又见到了好几例"聚宝盆"，无一不是富贵之人，患有脑梗、心梗等疾病。

就手诊而言，个人体会王晨霞女士撰写的书籍《现代掌纹诊病》比较切合临床实际，但主要适用于观察南方人，而对于手部纹路细节相对较少的北方人，则用张延生、陈抗美先生《气色形态手诊》中的方法加以观察会更合适些。

不管采用哪个流派的手诊方法，所得结论都有与现代诊断不尽相符的地方，所以手诊虽然可以作为一种简便的局部望诊方法，但并不适宜作为标准。有一段时间，我习惯在脉诊时顺便看下患者手部的情况，从而多获得一些信息；做专科以后，因为这些信息对于诊断的帮助有限，我就较少使用手诊方法了。

脉　诊　法

说起脉诊,相信很多中医学子在饭局上都被邀请过为他人把脉。我与几位高中时一起参加学生工作的同学一直保持着联系,多年以来常常聚会。他们知道我转型学中医以后,刚开始时总在聚餐前请我把脉。我起初还跃跃欲试,后来发觉并不合适。因为聚会大多是晚间,大家忙了一天,各有各的烦恼,有的加班后风尘仆仆地赶来,又饿又累,而且老友相聚多少有些激动,甚至酒也先喝了几口,所以他们的脉象大多较为混乱:或是非常弦,或是非常弱,我实在说不出个所以然。

不过因为老同学们体检指标一年不如一年,对于及时了解自己的身体状况有迫切的需求,所以我盛情难却,偶尔还是只好一边把着脉,一边按照面部望诊的方法看看有无异常。有时我还会再看下舌苔,然后结合对他们的了解"猜猜看"。不过我对他们的帮助着实有限,因为许多问题是生活方式病,正所谓"我明白了很多道理,却还是过不好这一生"。并且关于养生,大多数人"知道和从骨子里相信是两回事"。

后来我从《素问·脉要精微论》找到了一条最好的理由"诊法常以平旦"。从测量的角度来说,一是要尽量减少干扰,二是要有可重复性。把这个道理说透以后,聚会前我就不必脉诊了,针对大家的问题和困惑给些建议即可。

触　诊　法

中医诊断讲究"望、闻、问、切"四诊合参,其中切诊不仅包括脉诊,还包括触诊。个人认为触诊具有诊疗一体的特点,所以比较独立,相对于其他诊法更有优势,历来受到中医针灸、推拿、外科、骨伤科等学科重视,可惜内科医生不太重视该诊法。

2011年夏天的小学期里,我在上海市普陀区中心医院见习时,一度发了很重的口腔溃疡,自己想了不少内服、外用的方法,都没有见效。同组的W同学当时在辅修针灸推拿专业,刚学完推拿学课程。他很热心地帮我做了背部触诊,发现左侧心俞附近有明显的团块,遂帮我用推拿手法散开。当天晚上,我的口腔溃疡就消退了,此后整个暑期里都没有再发。

从此以后,我就比较关注触诊法。后来在针灸门诊跟师C教授的过程中,我看到老师通过局部按压腧穴来评估患者病情,越发觉得中医触诊方法值得多加学习,因此学生阶段就开始勤加实践。

二、针灸与胶布疗法

中医历来有"一针、二灸、三用药"之说。得益于跟师C教授,我有幸在求学阶段就能够实践针刺、温针、艾灸等针灸技术。后来在学习初级营养师课程期间查阅资料时,我偶然读到了营养学界泰斗于若木先生所著的《循经取穴胶布疗法》,顿觉打开了一个新的世界。

于是在课程之余,我不亦乐乎地实践着于老的胶布方法,把代温灸膏(于老用的是伤湿止痛膏)减裁出的胶布贴在不同的穴位和经络上,观察发生的反应,作为针灸学习的补充。我曾试验发现:将胶布贴在双侧足三里穴过夜后,晨尿量增加;将胶布贴在关元穴上过夜后,晨尿量也增加;将胶布循经贴于合谷穴、手三里穴和曲池穴一天后,次日前臂大肠经循行处发出无名红色皮疹,后来自行消退;吹风受凉后,将胶布贴于大椎穴上,约5分钟即感到后背发热,而没有受凉时贴大椎穴,则后背热感不明显;考试周期间用脑过度,我根据中医基础理论考虑"思伤脾",于是就按五输穴取穴方法,用胶布贴在大都穴(土中火)上过夜,一觉醒来精力完全恢复。

熟悉胶布贴在穴位上的反应后,我也得到机会进行了一次治疗实践。某日室友买早饭受寒后腹痛,一上午课间腹泻了3次。中午我们回到寝室后,因为他害怕被扎针灸,所以我就循足阳明胃经,用胶布依次贴在他双侧的足三里、上巨虚和下巨虚等穴。室友诉贴胶布不久之后腹痛即明显减轻,下午未再腹泻,当晚即恢复正常。

总之,使用胶布探索穴位和经络的奥秘,不失为安全有效的实践中医的好方法。

三、食疗

《素问·藏气法时论》曰:"毒药攻邪,五谷为养,五果为助,五畜为益,五菜为充"。在运用"毒药攻邪"以前,食疗应是首选的方法。犹记得2011年夏天的一个周末,表姐来我们家吃午饭,说昨天在高速公路上开车窗受寒后,可能又吃坏了东西,腹泻3次,当天没有再腹泻,但是头晕,吃不下饭。因为自觉情况尚可,她还没有去医院看。我把了下脉,是浮大中空的芤脉,考虑是腹泻后伤阴所致,结合受寒的情况,就煮了生姜汤,混入按一盐二糖比例配制的自制糖盐水中。表姐喝下这碗生姜糖盐水后休息了半小时,忽然说头不晕了,也能吃得下饭了,家人们都非常高兴。

四、外敷

如果食疗的效果不佳，那么就要考虑运用外治手段，其中在校园里最方便实践的是敷贴。

我的室友 W 同学来自 X 市最好的高中。他聪明又好学，对于中医很有热情，是我们寝室中最先读到博士的。当时他母亲体检时被发现有高血压，收缩压 140 mmHg 多一点，舒张压 80 mmHg 左右，没有什么症状，不想吃西药。他和我探讨，因老人家来沪不便，所以先考虑用泡脚或者敷贴的方法。

在那以前，我自己曾在水房滑跤后左膝肿痛，按照教我们中药学的 Y 教授说的方法，用浸了"吊筋药"栀子的黄酒外敷膝盖，症状迅速缓解了。随后我查了一些有关栀子的外用方，对一则治疗原发性高血压的敷贴处方的报道印象深刻，正巧 W 同学说起他母亲的情况，就推荐他一试。这张处方的具体组成是：桃仁、杏仁各12 克，栀子 3 克，胡椒 7 粒，糯米 14 粒。用法：捣烂，加 1 个鸡蛋清调成糊状，分 3 次用。于每晚临睡时敷贴于足心涌泉穴，白昼除去。每天 1 次，每次敷 1 足，两足交替敷贴，6 次为 1 疗程。

W 同学的母亲使用这一处方后，效果非常好，血压降到 120/80 mmHg 左右，而且在我们下临床前一直很稳定。唯一的副作用如报道中所记载，其足底敷药处皮肤出现青紫色，不过停敷一段时间后就恢复了正常。后来我从事中医风湿病的治疗，对于一部分狼疮性肾炎（以下简称"狼肾"）伴高血压、不愿意服用多种降压药的患者（有的是因为经济条件不佳，有的是担心服药太多副作用太大），只要皮肤条件许可（部分狼肾患者低蛋白血症，下肢水肿），都会将该方改成颗粒剂(桃仁、杏仁各 4 克,栀子 1 克,川椒 1 克)让其敷贴,部分患者有良好的降压效果,只可惜不是人人有效。

除了高血压以外,敷贴治疗失眠的效果也很好。2011 年夏天的小学期里,我在普陀区中心医院护理见习,带教的护士 Z 老师对我们很好,教了很多实用的护理技术,并让我们初步了解了医护协作的流程。后来比较熟悉了,她说自己因为倒班,长期失眠,也找中医开过中药,曾有改善,过了段时间又睡不着了,希望我们能帮她参谋参谋,看看是否有其他办法。

我们当时还没有学过中医内科学,只有中医基础理论、诊断学、中药学和方剂学的知识,虽然想来能开的方子也不可能比已经执业的老师们好到哪里去,但还是硬着头皮帮她把了脉、看了舌苔,一致认为其心火旺。正巧我那段时间帮家里人调节睡眠问题,自己磨了不少萸桂散(吴茱萸、肉桂各等份),便送了 Z 老师一些,告知睡前取一撮(大约 3~5 g),用蜂蜜调后分别敷贴在一侧神门穴和三阴交穴,以导热安神。第二天 Z 老师来时,神采奕奕,说好久没有睡得这样好了。她很开心,我们也很高兴。

后来从事临床以后,对于愿意自己操作的失眠患者,我有时也会不辨证、直接推荐其配萸桂散颗粒剂外敷神门穴和三阴交穴,不少患者取得了很好的效果,但并非人人有效。从反馈来看,敷贴萸桂散的疗效与中医内科"不寐"的辨证分型关系并不大,其中原因有待深入考察。

五、内服

如果外敷效果仍然不佳,那么中医学子肯定会想到内服中药的方法，其中又以使用中成药最为方便。

2011年春寒料峭之际，我在一次晚自习时没有注意，得了感冒。待咯痰症状缓解后，我断断续续地咳了两周，去医院拍了胸片没有异常，医生给开了复方甘草合剂和一些中成药。我吃完药后，咳嗽仍未间断。因为不影响学习，而且想到往年换季时也常连续咳嗽，我就没有在意，也没有去开汤药喝。后来我才知道，这属于非常顽固的感冒后咳嗽。

同年5月在江阴开会期间，T师兄听到我间断性地咳嗽，就很热心地为我把了脉、看了舌苔，还在酒店附近的药房帮我买了小柴胡颗粒和桑菊感冒片。当晚服下后，第二天就不咳嗽了。发现拖了3个多月的咳嗽居然靠简单的中成药就医好了，我顿时觉得T师兄太厉害了，赶紧向他请教。T师兄很谦虚，说我已经快好了，无非就是通过"发一发"加"清一清"帮了我一把，加速了康复。

随后通过交流，我得知他一直很热爱中医，本科时无论自己感冒有多严重，都坚持只用中药，哪怕被人嘲笑"傻、有西药不用"。后来因为成绩好又乐于助人，其他同学很信任他，自己或家人感冒了都找他看，使他得以结合《伤寒论》学习，摸索出了一套行之有效的用药方法。

毕业后，T师兄在医院工作了一段时间，因为病看得好，有了"粉丝"，遂在G省当地开了诊所，随后完成了伤寒论方向的硕士学业，又来上中医攻读内经方向的博士。他对于体制内外、学院派和非学院派的各个方面都很熟悉。他结合在医院和诊所的种种经历，关于怎样抓紧各种机会学习中医、实践中医给了我许多有益的指点，让我明白只要有好的思路，青年中医也能快速解决问题。

后来在校园里,我自己凡有感冒、咳嗽或胃肠道不适时,除了用前述胶布疗法激发经络和穴位的力量以外,也常组合运用各类中成药,在自己身上实践中医、积累经验。

第四章
如何考试

　　既然是科班读书，就离不开考试。因为与理科不同，医学考试中需要背记的内容很多，所以在校时，对于各门课程的学习几乎都要围绕考点来进行。学如逆水行舟，不进则退；又如滴水穿石，久久见功。在北大学物理时，我对这句话的体会还不够深入，因为当时常常是集中精力用大块时间"搞定"一个知识点，倾向于完整地把握一套理论框架、一组公式。刚学习中医时，我也用类似的学习方法，结果发现即使在自习室里默背、记忆了半天，被风一吹就忘得差不多了，更不用说对付考试了。于是我意识到：集中时间的方法不再适用了。后来通过与同学们的交流，我总结了三种适用于中医学习与考试的方法，简称三个"真"：真传一句话、真备在平时、真要编歌诀。

一、真传一句话

　　如前文"取类比象"部分所说，可能因为中医存在许多无法"证伪"的内容,所以大家在学习过程中更倾向于记忆核心要点(即所谓"干货"),而不太看重围绕其的阐述。正如《素问·至真要大论》所言:"知其要者,一言而终;不知其要,流散无穷"。这句经典名言可以说是我从物理、IT转型过来学中医最受触动的几句话之一。

转型开始时,我对于这种只记要点的学习模式是颇为不习惯的。毕竟学物理的时候,我自己的习惯是把教材往"厚"了读:每一个公式背后,往往有一段曲折的历程、一个有意思的故事和一批值得纪念的人物。比如只要稍微深入了解下帕斯卡定律,就会感受到《思想录》的光辉之处。我还记得曾在北大农园食堂听师兄、师姐们聊"量子力学背后的哲学原理",随后再看量子力学教材就觉得不那么难以理解了。另外,掌握公式需要大量的习题训练,所以更需要把教材读"厚"。

而2010年进入上中医后,我发现医学教材已经很厚了,再要往"厚"了读有相当困难。而且因为我希望快些完成理论学习,所以选的课比较多,要背的内容特别多,时间实在有限。此时需要的不是扩展,而是要把教材往"薄"了看,需要在最短时间内提炼并记住课程的重点。当时有个有利条件:因为我是插班生,所以室友们在学习上是可以帮助我的"过来人"。有一天,看到我正因无法记住进入耳内("入耳")的经络而发愁,室友X同学就很高兴地来指点我:记住"三个胆小鬼"就行,即耳部有三焦经、胆经和小肠经循行。我当时有豁然开朗的感觉,赶紧道谢。边上的D同学笑着补充"真传一句话,假传万卷书"。当时我深深感叹,中医的许多知识点和理科真的不同,懂了就是懂了,记住了就是记住了,如果没有弄懂、记住,刷再多的题也没用。现在回想起来,我真正感觉到学习与考试"顺"起来,就是从被室友们的话点醒开始的。

因为有了记忆核心要点的思维方式，所以后来不管是学习中医还是西医，我都特别留意各种"真传一句话"，其中有的未必有逻辑性，但因为能解决问题，且特别符合中国传统思维，所以容易传播、流传。在学习之初，通过把握这些口诀可以起到事半功倍的效果。

例如，我还在室友们口中学习到了用于寒热辨证的"寒淡稀润静"与"热深稠燥躁"；在中医妇科学学习到"四张方剂打天下"（经：四物汤；带：完带汤；胎：寿胎丸；产后：生化汤等）；向四川来的 N 师叔学习"麻桂姜辛附"；在西医诊断学学习"水仙（猩）花莫悲伤"；在心内科学习"强心利尿扩血管"等。后来我随 Y 教授编写《中医临床经典语录荟萃》，感到中医历史上留下来的"真传一句话"的内容实在丰富。当然，要把这些真传口诀运用好，离不开中医师长期实践的积累。

二、真备在平时

2011 年学习中医诊断学时，我向中基（中医基础理论）班里大家公认能够"轻松拿高分"的 W 同学请教，想了解她是如何记忆脉象和舌象的。W 同学说她平时就随时准备着，具体方法很简单：睡前背一条脉象，把完自己的脉再睡觉；早上刷完牙齿后看一眼自己的舌苔，然后在去教室的路上再背一种舌象；平时有空时和寝室同学互相考校，自然而然就记住了。W 同学的方法虽然朴素，但因为一方面利用了特定情境下的条件反射等生理机制，另一方面则是将记忆负担分解开来，所以非常实用。

后来我在学习中医各类诊断方法的过程中，每当遇到枯燥、难于记忆的内容时,就会使用 W 同学的方法,把记忆负担分解到平时。部分中医知识就是需要"反复记""记反复""慢慢磨"的,在学校阶段尤其如此。当然,这样的情境加分解记忆法比较适合日常学习的积累,速度比较慢,在考前突击时就不太适用了。2014 年起,在准备执业医师等各种大型考试时,我学习到了记忆宫殿、数字记忆桩等方法。因为这些方法通过虚拟大量固定的记忆情境,并结合数字意象分解记忆负荷,所以比较适合考前大量背记知识点。

三、真要编歌诀

2011 年,我和 D 同学从龙华医院收集完病例资料后坐大桥六线返校,在车上对着大学所编的背诵小册子互相考起了方剂歌诀。我们正背得起劲,不料被坐我们后排的一位研究生学姐"泼了冷水",说我们在浪费时间。

原来这位学姐本科就读于广西中医药大学,据她说其所在专业的老师们的指导思想是不要背歌诀,一方面学生因为没有临床经验理解不了,即使死记硬背下来也很容易忘记,另一方面老师们还担心歌诀让学生形成套用成方的思维定势,未来局限临床思路。但其专业对中医经典的背诵抓得很紧,从入学开始就要求背《黄帝内经》的前 11 篇,后来对于伤寒、金匮和温病的条文背诵也有严格要求。相对而言,上中医这方面的要求就显得低了一些。

尽管学姐的说法也有一定道理,但我觉得背歌诀还是很有效的一种方法。把真正的要点编成歌诀的方法,不仅中医在用、西医也在用,比如有前辈总结了《心电图歌诀》《内科学助记图表与歌

诀》等。不过我觉得还是自己编的歌诀最容易记忆并使用。学习
《中医内科学》时,我不仅为没有在《方剂学》中出现过的方剂编了
歌诀,还就常见的 21 个病症按系统编了方证歌诀帮助记忆,无论
对于考试还是临床都有帮助,兹录于下供参考:

【总诀】

肺病不离咳哮喘,心家瘿病心悸胸。

脾胃痛泻与消渴,肝眩胁痛防中风。

痹痛腰痛寐颤痿,久肾须疗肿淋癃。

虚实脏腑明气血,痰瘀百病始归宗。

【肺家三病:咳哮喘】

咳为肺病气上逆,外感内伤两大纲,

风寒三拗止嗽用,热菊燥杏俱有桑,

二陈三子痰湿土,痰热郁肺清金方,

肝火泻白黛蛤合,阴亏沙参麦冬藏,

凉燥杏苏润肺气,虚寒补气温肺汤。

哮证发作痰鸣喘,宿根新邪表里缠,

寒哮寒痰射麻专,寒包热哮青龙安,

热哮定喘汤方主,三子养亲风痰关,

肺脾肾虚有主次,玉屏六君肾气丸。

虚哮肺肾痰同治,平喘固本用之善。

喘证虚实肺肾关,风寒麻黄华盖担,

痰热郁肺桑白解,表寒身热麻杏甘,

痰浊二陈三子合,肺气郁痹五磨专,

生脉补肺肺气虚,肾虚肾气参蛤散,
阳虚水泛用真武,喘脱参附黑锡丹。

【心家三病:瘿胸悸】
瘿病有火虚实成,气郁痰阻四海舒。
痰瘀海壶天王阴,栀子藻药肝火除。

胸痹阴寒瓜蒌酒,痰浊薤白半夏汤。
气滞血瘀血府逐,气阴生脉养营良。
心肾阴虚左归饮,阳衰参附右归帮。

心悸胆怯安神志,心血不足归脾施。
阴虚火旺补心朱,心阳参附龙桂枝。
痰火扰心黄连温,风热扰心银翘宜。
苓桂术甘水凌心,桃红桂龙瘀阻治。

【脾胃家三病:痛泄渴】
胃痛良附散寒凝,柴胡主疏犯胃型。
肝胃郁热化肝左,保和丸消食积停。
湿热中阻清中汤,失笑丹参瘀血宁。
一贯芍甘胃阴虚,通则不痛含义精。

泄泻便稀更衣烦,湿胜脾虚最关键。
藿香胃苓除寒湿,湿热葛根汤芩连。
痛泻四逆肝乘脾,保和枳导胃肠间。

参苓白术脾胃弱，四神泻在黎明前。

上消肺胃有燥热，白虎人参消渴方。
中消脾胃气不足，七味白术用之良。
下消责之肾阴虚，左归饮或六地黄。
若是阴阳俱虚损，右归饮或肾气方。

【肝胆三病：眩胁风】
肝阳上眩天麻潜，气血亏虚归脾汤。
痰浊半白通窍血，肾精左归右归方。

胁痛气滞疏肝散，湿热龙胆泻肝先。
血府逐瘀复元血，络虚失养一贯煎。

中经口喎言不利，大秦半白祛风痰。
天麻钩藤平阳风，镇肝熄风滋阴挽。
中脏痰热桃承气，痰火瘀闭羚钩含。
阴闭涤痰苏合香，脱证参附生脉散。
后遗痰瘀解语丹，气虚络瘀还五安。
左归丸合地黄饮，肝肾亏虚疗不难。

【肢体经络六病：痹、腰痛、痫、不寐、颤证、痿证】
痹证风盛防风取，寒则痛剧乌头通。
重着麻木薏苡仁，红肿白虎加桂中。
痰瘀痹阻桃红饮，气血亏虚五物荣。

独活寄生肝肾补,偏阴河车阳和用。

腰痛虚实首辨明,甘姜苓术寒湿立。
湿热当推四妙丸,锥刺身痛逐瘀济。
肾阴不足左归主,肾阳亏虚右归系。

痫证风痰定痫丸,痰火涤痰龙泻肝。
瘀阻脑络通窍活,心脾两虚六君安。
频发蝎蜈熄络风,肝肾阴虚补元煎。

不寐心火朱神含,肝郁化火龙泻肝。
痰热内扰黄连温,胃气不和保和丸。
阴火连胶归脾虚,安神定志气心胆。

颤证风阳羚钩镇,痰热风导痰天钩。
气血人参养荣用,再加天麻钩藤谋。
阴虚风动定风珠,阳气虚衰真武守。

痿证肺热清救肺,湿热浸淫二妙味。
肝肾虚损虎潜丸,参苓白术脾胃亏。
瘀阻脉络补还五,加减圣愈新血随。

【肾家三病:肿淋癃】
水肿原因水湿起,越婢加术风水袭。
五味消毒麻连豆,湿毒浸淫用之宜。

胃苓五皮水湿证，湿热壅盛疏凿立。
济肾真武实脾阴，桃红五苓瘀水济。

淋证涩痛小便频，湿热蕴结膀胱肾。
热淋通利八正散，石淋石韦增三金。
气淋虚证补中气，实证利气取香沉。
血淋小蓟导赤散，知柏地黄虚实分。
膏淋汤治虚膏淋，实证萆薢分清饮。
劳淋无比山药丸，六淋转化要详甄。

癃闭上热清肺饮，中焦肝郁沉香灵。
下焦湿热八正散，尿道阻塞抵当充。
补中春泽补虚陷，肾阳虚衰济生用。

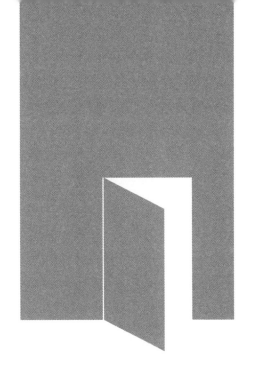

第二篇
实习规培天涯路

"昨夜西风凋碧树。独上高楼,望尽天
涯路。"

——宋·晏殊《蝶恋花·槛菊愁烟兰泣露》

2012 年学习西医外科学时,我记得某位老师讲课很风趣,经常讲自己做手术过程中的趣事,逗得大家哈哈大笑。但某次下课前,他对我们凝视了好一会儿,忽然长叹一声:"大家笑得真开心,我好羡慕你们。来医院以后,你们就不一定有时间笑了。"

　　我当时只觉得老师可能工作压力大,后来开始做实习医师、进入规范化培训基地成为住院医师以后,我才明白他说出了部分的事实:进入临床阶段以后,开始需要将理论与实践结合,才算真正进入王国维所谓"人生三境"中的第一境,有许多的技能需要掌握、无数的问题需要思考,大家总感觉时间不够。对于这个阶段的所见所思,我将其整理为如何理解看病、如何跟师学习、如何在管理病床中学习和如何建立知识体系等四个部分。

第五章
如何理解看病

　　某次和其他专业的 S 同学吃饭,他那段时间身体状况欠佳,经常挂急诊。他说自己"久病成医",发觉医生看病真简单,验个血、拍个片、开个药就完事了。对于他的调侃,深知急诊工作不易的我只能笑而不语。事实上,外行所接触的看病流程和医生脑中的思维过程存在巨大的差异,而且因为过往经验、所熟悉的流程和个人追求的不同,不同的医生在看病时的关注点也会很不一样。

一、医工经验之积累

　　人们之所以喜欢找老医生看病,主要是因为默认其有丰富的经验。在实习和规培期间,我逐渐感到人脑对于医疗经验的积累过程,很多时候类似于计算机领域的模式识别训练过程。从这个角度来看,处理常见病、多发病时,医生的思维和在生产一线负责调节仪表 PID 参数的工人并无本质区别,当其经过充分的训练(积累)以后,形成快速的"条件反射"、达到"望而知之谓之神"的境界就都有了可能。

条件反射与人脑训练

我曾和几位同学一起随 Y 教授抄方。当时我感觉 Y 教授在门诊上问诊很细致，开方的思路则以药队（指一系列药物）为主，不拘泥于成方，药量也具有丰富的层次。

回家复习抄方记录时，我认真整理了一份通过问诊采集到的信息与中药作用的对应表格，当时觉得可以用这种方法进行处方并确定药量。下次门诊上我给 Y 教授看了所总结的表格，不料被他批评太浮躁了。在 Y 教授看来，当时的我们应该沉下心来观察病人的主要诉求，了解其用药后的反应，并巩固对于重要中药作用的掌握，而不是面面俱到地记录信息、进行所谓的"总结"。

对于我整理的表格，他认为对于中医临床没有什么帮助。他指出，除非用计算机来分析，否则人脑不可能在短短的门诊接诊过程中考虑这么多问题；更何况临床上也不需要考虑这么全面，只要能够抓住患者的主要矛盾，就可以用比较快的速度改善病情；至于药量，也是可以逐渐增加。

我跟随 Y 教授抄方的次数虽然不多，但是经常被提点。后来我在实习过程中经历了完整的临床问诊训练后，才明白 Y 教授一直在带着临床思维提问，而不是事无巨细、漫无目的地问，相应地处方用药时也是目的极为明确。

2013 年 3 月在肾病科实习快结束时，看到我还在翻笔记去查一些中药在肾脏病中的特殊作用，带教的 S 老师善意地提醒我：做临床要求速度快，很多时候要熟练到像条件反射一样，所以我应该"用脑子"去记一些方法,而不仅是用笔和纸去记录。

听了S老师的话以后,我猛然意识到我不仅是因为坚信"好记性不如烂笔头",更是因为此前从事IT的关系,习惯于用项目需求分析的思维来定量归纳所遇到的信息,某种程度上过于依赖计算机了,而没有意识到很多时候只需要用结合经验的半定量方案就可以解决问题,忽视了对于人脑本身的训练。此时我又想起Y教授当初的批评,也终于认识到他当时所说的抄方要点,恰是他关于人脑训练的总结,符合临床实际运用中医的情况。

望而知之谓之神

《难经·六十一难》曰:"望而知之谓之神,闻而知之谓之圣,问而知之谓之工,切脉而知之谓之巧。"中医四诊中,望诊最令人感到神奇。与在校园里主要靠看书、观察周围的人来学习望诊不同,在实习和规培时,可以跟随有经验的临床医师来把握大体望诊、局部望诊和针灸望诊的重点。

(1)结合对于专病的认识进行大体望诊

相对于前述以了解全身情况为目标的手诊等局部望诊法,临床医师更重视结合对于专病的认识进行大体望诊,且不局限于中医的诊断。比如在急诊时,我与同师门的T师叔就交流过望诊的问题。他在临床上遇到呼吸系统疾病的患者比较多,往往一望即有初步判断:患者是上呼吸道感染?肺炎?还是慢性阻塞性肺疾病急性加重(AECOPD)?同时,他的头脑中已开始出具用药方案。

而关于专病大体望诊,我印象最深的是在心病科听L主任给我们实习医师讲"四衰"望诊。他曾在基层医院工作,那里医生少、值班多，病人虽然不多，但来的时候往往很重，根本来不及做化验检查，这时望诊就很关键。L主任提到：全身浮肿，多是肾衰竭；腹部鼓、面色黑，多是肝衰竭；喘促伴脚肿，多是心力衰竭；喘促伴口唇紫绀，多是呼吸衰竭。

L主任说，当时共事的医生虽然学历不高，但都很有经验，对于被抬进来的病人往往一望而知。他们会在快速诊断后，立即采取相应的治疗措施，将许多危重病患者抢救回来。我听课后不禁想到：如果结合对于专病的认识来看，那么望诊并不神秘，关键是医生要做个有心人。

无独有偶，后来在风湿科做规培医师时又听到了D主任的小讲课，我也产生了类似的体会。D主任擅长治疗各类关节炎，在风湿病的门诊上总结了一套望诊"绝活"：男患者单侧跛行，多是痛风性关节炎；男患者驼背、双下肢动作僵硬，多是强直性脊柱炎；女患者单侧跛行，多是股骨头坏死；女患者走小碎步，多是双膝骨关节炎。

（2）结合对于专病的认识进行局部望诊

除了大体望诊以外，D主任对于类风湿性关节炎（简称类风关）的手腕局部望诊也很有心得。一次某外地患者来沪求医，关于病程与治疗经过语焉不详，D主任根据其手腕的形态，推断其患有类风关，因为已经服用药物，所以手腕只是轻度变形。在D主任追问下，这位患者终于承认隐瞒了病史，表示自己就是想确认专家水平后，再决定是否跟进、配合治疗。

我自己在规培期间，某次承担门诊时也遇到过类似的患者"考官"。那是一名以口干为主诉的老年女性，她带来的化验单排除了糖尿病，并说看过许多地方，都查不出问题。我请她张嘴，一眼就看到了狷獬齿，还有舌暗红、无苔等表现，第一反应不像老年性口干，而是干燥综合征。也是经过我的再三追问，患者才拿出了口腔唇腺活检病理报告，原来她在 3 年前就已被诊断为干燥综合征。专病局部望诊的重要性可见一斑。

（3）针灸治疗中的望诊

由于针灸取效比内科汤药快，也更容易产生问题，因此比内科更需要重视望诊。跟随 C 教授在针灸门诊抄方时，我常在留针期间为患者行针。有一次，我为一位慢性前列腺炎患者行针至印堂穴时，发现出现了滞针，就赶紧问他情况，患者表示因为工作和生活上的各种压力，当时非常焦虑。因为头面部的穴位容易出现事故，所以我在请示 C 教授后先行取针，取完针后看到患者仍然眉头紧锁。后续重点关注了这位患者，我发现随着疗程的进展，他的印堂处慢慢松开了，也没有再出现过滞针。后来我做针灸治疗时就特别重视印堂处的望诊。一般见到印堂处皮肤紧绷、眉头紧锁的患者，我都会先多花一些时间与其沟通。如果确认其有较大的精神压力，我在针刺时就相对浅刺，尽量避免因气机郁滞可能造成的滞针，并建议其配合用一些疏肝、养血、解郁的中药，加速康复。

另外，C 教授门诊上的患者极多，所以非常需要预防出现晕针。好在 C 教授经验丰富，练就了"火眼金睛"，一望便知患者有没有空腹或者过于劳累的情况。C 教授问出患者的这类情况后，都会嘱其先调整状态，不急着治疗，于是诊室井然有序，几乎没有发生过晕针。我印象中只有一次遇到晕针患者，她是一位从青浦饿着肚子赶来的老太太。当时上海地铁尚未通到青浦，她因为急于结束治疗，以便坐回程车，所以就没有告诉老师她还没吃午饭。不过老师多留了个心眼，让我们加强巡视、询问情况。结果临起针前，老太太发生了晕针，人软下来，眼看就要从椅子上滑下去。当时诊室里正是最忙的时候，我们在照看其他患者，没有注意到，还好老师时不时地看一眼，及时发现并指挥我们处理了老太太的晕针。

后来我自己做针灸治疗门诊时，也刻意训练自己加强望诊，得以预先排除了好几位空腹患者。虽然总有年轻患者隐瞒空腹情况，并不可避免地发生了几例晕针，但好在我都有疑问在先，在加强巡视的过程中及时发现，就及时处理了。

二、医匠流程之精益

有一段时间，社会上很推崇"工匠精神"。因为现代医疗体系的复杂性已经远超医师个体可以把握的程度，所以医疗领域的"工匠精神"除了有与其他行业类似的敬业、专注等内涵以外，或许还应包括对于医疗流程的精益化。高年资医师相对于低年资医师的可贵之处正是在于其熟悉更多的工作流程，并能够根据最新的政策与疾病谱变化情况，就流程的改进提出有可行性的建议，建立新的清单、加速标准作业流程，提高整个医疗团队的工作效率。

清单与标准作业流程

美国的阿图·葛文德（Atul Gawande）医生在其畅销书《清单革命》中指出："医院里的清单……帮助我们记忆关键步骤，并且清晰地列出了操作过程中必不可少的基本步骤"。完成本科与硕士阶段的实习轮转后，2014年8月我进入龙华医院的规培基地工作和学习。第一个科室是我硕士专业的肺病科（即呼吸科）。因为身份变化了，需要作为住院医师管理更多床位，而且肺病科又是危重病人比较多的一个科室，所以我一开始觉得工作千头万绪，每天都怀着忐忑的心情去上班。好在我的上级医师是 L 师兄，他一边带着我熟悉病人，一边细致地教导我进行临床工作的方法。

L 师兄管的床位虽多，但处理得很快，和护理部协作也非常好。从他那里，我学到了一名住院医师应该怎么把握病人本次入院的主要矛盾并列好计划完成的任务清单，怎样在最短的时间内开具合理的医嘱，并准备好与护理部及各级医师对接的文书等。

如果把病房的工作看作是一个漫长的链条，那么住院医师接诊患者就是其中最初的一环。如果没有经历过在病房同时管理十几张乃至几十张床位的时间压力，那么一名医师可能永远无法理解：这最初的一环启动得越慢，其他部门和同事配合的流程就会拉得越长；相应地，留给住院医师深入思考患者病情、特别是从中医角度辨证和分析的时间就越短。当然，患者和家属就更难理解了。

能由 L 师兄带我适应快节奏的临床是件特别幸运的事。现代社会对中医师的要求不只是能开中药，至少在体制内，会用西药处理危急重症是对医师必需的要求，并且掌握的西医手段越多、越熟练，留给思考中医、运用中医的时间才可能越多，余地才可能越大。除了指导我列清单、把握主要矛盾以外，为了让我尽快掌握西医手段，L 师兄还为我推荐了一本很好的西医工具书《急诊科医师值班手册》，后来不管是在急诊轮转还是值夜班都很用得上。

从肺病科开始，我在各个不同的科室间轮转并制订清单。清单是有限的，还存在大量的其他工作，各科室其实都存在大体相似但又各具特点的标准作业流程（Standard Operation Procedure，以下简称 SOP）。在融入各科 SOP 的过程中，我也常有机会通过用 IT 技术简化重复性的事务工作来加速 SOP。比如我曾在心电图室用按键精灵录制了计费小程序，将计费时间缩短到原来的五分之一，从而让科室能腾出人手来打报告；在中医预防保健科，我用按键精灵录制了检验数据批量拉取程序，加速了体检报告的书写；我还曾在乳腺外科、肺病科等用 Excel 建立了通用的模板，用来套打医嘱和各类病理检查单，在病历系统升级之前得到广泛应用。

这些工作很少有人做，因为它们都属于杰夫·劳森（Jeff Lawson）在《开发者思维：技术如何驱动企业的未来》中所说的最小化可行产品（Minimum Viable Product，MVP），过于细节又充满变数，既不属于信息科的职权范围，又无法以可承受的成本请外部的 IT 公司来组织开发并维护。而如果临床医师能够识别出 SOP 中的事务性工作单元，那么即使不写代码，用一些成本经济的小工具来快速实现这样的 MVP，从而加速 SOP 还是有可能的。

天下武功唯快不破

建立清单也好，加速 SOP 也罢，本质还是为了提高临床工作的效率。虽然人们普遍认为"中医是慢郎中"，但实际临床上有许多精益求精的中医"快手"。特别是在现代医学的影响下，如今中医院的临床节奏已变得很快了。在实习与规培阶段，我在各科不断感受着"快"，也学习着"快"。

（1）内科

2014 年春在 ICU 轮转时，遇到 W 教授的学生——L 主任担任我们组的带教。我趁着一起值班的机会抓紧向她请教，她告诉了我许多治疗重症的经验和在门诊上处理疑难杂病的思路。L主任擅用龙胆泻肝汤,将其应用于治疗各类急重症和疑难杂病,在门诊上取效很快,令人印象深刻,吸引了很多老病人介绍熟人来看,效果很好。2022年上海新冠疫情期间,作为龙华医院赴老年医学中心定点医院医疗队的领队,L主任更是发挥了"定海神针"的作用,综合运用浓煎汤剂、外敷、灌肠肛滴等手段积极救治患者。在L主任的身上我看到:中医如果能够形成一套自洽的反馈系统,那么完全可以做到快速起效,而不会是"慢郎中"。

(2)外科

外科本来节奏就比内科快,就像古龙写小李飞刀"天下武功,无坚不摧,唯快不破"一样,我在中医外科各科室见识到各种快的方法。2014年在中医乳腺科轮转,我看到中医外科出身的S医师换药极其迅速,基本上等我换完1个,她已经换好3个了。后来有机会跟台乳腺癌大手术,眼看着中医乳腺科的住院B医师单手拉四钩,另一只手还能机动递刀,不禁叹为观止;而主刀的Q主任的手法就更快了,被尊称"男神"。2015年我在中医肛肠科轮转,看到D医师换药不仅手法轻柔,而且速度特别快,往往病人还没什么感觉就已经换完药了,这样病人痛苦就少。我跟着D医师学习,颇有长进。要想快速做临床,关键还是要肯动脑筋。基本上,动作快的中医外科医师更容易取得患者的信任,临床效果也好。后来回到内科,我也处处留心加快效率的方法,以省出更多时间思考中医的应对策略。

(3)妇科

"不管黑猫白猫,能捉老鼠的就是好猫",对于能治好病、多看病的医师,不管其方法如何奇特,临床氛围的宽容度都是非常高的。比如从实习开始，我就一直听大家私下里笑称妇科 L 主任开展"弹簧式"门诊：病人几乎一坐下就要准备像弹簧一样站起来，好让位给下一名患者，连"相对斯须"的时间都没有，就已经"便处方药"了。

虽然速度奇快，根本谈不上有完整的四诊合参，但是 L 主任的看病效果很好，病人非常多。特别是他常用中西医结合方法在短期内让许多不孕患者"怀上"，她们口耳相传，源源不断地介绍新病人前来就诊。

虽然没能去妇科轮转，但是在某次值班时，我得到机会与其研究生探讨，才知道对于包括泌乳素在内的若干影响女性受孕的指标，L 主任都有独到的整体理解。虽然他看上去也是在用疏肝、理气和活血等方法，但处方的背后实际是一整套系统性的干预方案，包括定期监测化验指标、根据孕试纸表现进行动态调整等各个环节。我联想起 2012 年 L 主任为我们讲授《中医妇科学》课程时，用"女人的一生是花的一生"的整体观念串起整堂课，终于理解了其为何能又快又好地看病。L 主任结合现代医学的研究成果，不断提高中医在新时期的疗效的做法是非常值得借鉴的。

（4）儿科

虽然现代医学技术已经很发达，新生儿死亡率很低，但总还是会遇到儿科的急症，中医处置的效果也可以是又快又好。有段时间我曾在周末密集抄方，周六跟 C 教授的针灸门诊，周日则跟 W 教授的儿科门诊，恰巧在两日间接连遇到高热的婴儿。

周六遇到的小儿只有 3 周大，曾在儿童医院治疗，高热不退，家长经人介绍来 C 教授门诊。老师用了十宣放血法，小儿当天回家热度就退了。第二天遇到的小儿也就 2 个月大，情况类似，W

教授开了 3 帖清热解毒为主的汤药,嘱热退即停服。下一周抄方时得到其母亲的反馈,说是把药混在奶里,频频灌服,当天退烧,又经过两天热度即退清。

经历了这两个病例以后,我对中医治疗儿科疾病尤其是热病的信心大增,也感叹天佑中华有中医,在没有现代医学抗生素的日子里,想必许多小儿都是靠中医药方法才得以保全性命、长大成人。

(5)针灸

针灸的快速疗效历来令人称道。2015 年春季在天山中医院作为规培医师轮转时,我见识到了康复科 N 主任"触诊-拔罐-针刺-推拿"一体化治疗的绝活。当时一位患者经病友介绍慕名而来,要求治疗 5 年多来顽固性的、不明原因的右肩背疼痛。他带来的影像学资料都没有异常,说也曾行过刮痧、拔罐、针刺、艾灸、推拿等各种外治方法,但都没有改善。

N 主任在其右肩背部触诊,发现一条明显的条索,就先在条索上拔了两个玻璃罐,留罐 5 分钟后取下,再用 3 根 1 寸针围刺该条索所在区域,最后在留针期间,一手用拔法松动该条索,另一手则逐一捻转围刺的针灸针。大约过了 3 分钟,患者忽然惊喜地叫了一声"神了!不痛了!"N 主任笑着告诉患者,还要治疗几次,等到条索消除后就可以彻底好了。

这一病例给我留下了深刻印象。后来我自己做风湿科治疗门诊时,也有意识地寻找一体化的治疗工作流,特别是当找到团块或条索时,我就用敷贴或针灸的方法针对条索治疗,必要时配合一些手法。如果条索能够松开,那么患者的病情往往会很快缓解,从而树立起长期配合治疗的信心。

2015 年夏天开始,我作为规培医师在风湿科轮转了一年时间,完整地看到了风湿病患者春夏秋冬的病情变化,其中印象最深的还是 G 主任带领各级医师运用针灸为患者治疗。

虽然课本学习时会有很多配穴、手法,但是在临床上还是以解决问题为导向,往往是怎么快怎么来。在风湿科病房,工作流程中大量使用针灸等外治方法。我通过观察,发现各类针法中起效最快的还是董氏奇穴针灸(以下简称董针)的打法,虽然很多穴位非常痛、刺激量极大,因而尚没有进入学院主流的教材,但其确实有立竿见影的效果。后来我在做治疗门诊时,也经常使用董针的穴位来快速取得疗效。

另外,当常规方法见效慢时,还可以尝试用董针放血疗法。2016 年春天,一位硬皮病住院患者肢端溃疡非常明显,疼痛影响睡眠。入院后我们除了给她常规补液、激素等风湿免疫药以外,还用了中药内服,并在中医外科会诊后予以中药外敷,并安排了高压氧舱治疗。尽管用了这么多方法,患者病情缓解的程度仍不理想。经过讨论,决定使用董针放血疗法,于是我们轮流在其制污穴用测血糖的采血针代替三棱针放血,每天一次(一天左手,一天右手),每次放三滴。3 天后,患者的肢端溃疡明显减轻,就改为隔天一次放血。又经过一周治疗,患者手指端的溃疡几乎都收口了,仅遗留足趾还有一点。这样的疗效让医患都很满意。

三、医师思维框架之追求

如果粗浅地把医师划分为三个层次的话,那么医工主要关注积累实用的经验,医匠则重视打造精益的工作流程,而医师则往往更进一步,追求建立结构化的思维框架。

与在校系统学习不同,在实习和规培阶段,医者几乎每天都要接触新的病例,每周都要参加新的讲座和讨论,每个月初和月末都要通过考试,无论是听到的信息、观察到的现象,还是所记录的笔记都是零碎的。好在没有白学的知识,而且临床上有优秀的老师会示范怎样把零碎的知识串联起来,并形成进化地图。

串 联 思 维

有了一些临床常识以后,实习或规培医师就会了解到"两难处境"。其中最常见的就是患者拒绝理化和影像检查了。此时除了照章办事、让患者或家属在该签字的地方签字以外,医师如果还想明确病情,只有借助于传统的体格检查。

在参加有关体格检查的临床技能培训时,我们得到 T 老师的指点。T 老师比我们实习医师大不了几岁,使用的都是同龄人的语言。首先,她结合病例讲针对性的体格检查,分别指出中医和西医在检查中的局限性,让我们知其然又知其所以然;其次,她介绍了基于临床思维框架,边作体格检查,边与患者沟通病史的案例,让我们意识到可以把体格检查、问诊、病历书写、病史分析等全过程串联起来。后来做风湿科医生时,我也经常在做专科体检时回想起 T 老师的指点,尽可能地根据专病的思维框架,用串联思维完整把握患者的病情。

进 化 地 图

在临床工作中,发现类似"闪光点"的现象是很容易的,而要将其变成可供深入分析的"增长点",乃至打造具有独特疗效的"制高点"则是很困难的。有趣的是,在实习和规培期间,我见证了一幅完整知识进化地图的诞生。

实习期间我跟随S教授查房时,得知他通过长期观察,发现部分类风湿性关节炎(简称类风关)患者的第2至5近端指间关节处的皮肤呈明显的深色,且颜色深浅与关节肿痛的程度无关。S教授对我们抄方的学生还特别提醒:对于疑难的、难以鉴别的关节炎患者,如果见到这种征象,应优先考虑类风关可能,实际临床上按类风关论治,效果也比较好。

S教授将他有关类风关的"闪光点"发现分享在科里以后,D主任更进一步,按此思路分析了这种类风关患者的化验指标。一开始他以为其血小板会偏高,后来发现并非如此,偏高的指标是凝血功能中的D二聚体。这样,一种有明确指征的"增长点"得以确立。

在规培期间,我看到D主任在治疗这种类风关患者时,增加了活血化瘀药的种类与剂量。经过一段时间治疗后复查,他发现随着患者的指间关节颜色变淡、D二聚体水平降低,患者的病情也明显稳定下来。至此,对于具有指间关节皮肤呈深色特征的类风关患者,科里形成了独具特色的中医治疗方案"制高点"。

第六章
如何跟师学习

　　跟师抄方学习是中医的传统。在实习和规培阶段，我抄方比较集中，得以学习不同流派的心法，对于如何把握老师利用碎片时间进行的点拨、如何比较不同老师处方用药的特点也有一些体会，并深入思考了跟师学习中的隐性知识与模因。

一、流派与心法

　　一个世纪以前，我的曾外祖父在经营药房期间与针灸师王先生成为好友，从此两家成为世交；一个世纪以后，王先生的女儿王惠玲女士又成为给予我针灸"心法"的启蒙老师。

　　王女士年事已高，我只是在母亲的引荐下前往这位外婆级的针灸师家中拜访。王外婆也曾是上海中医学院（现上海中医药大学）培养的学生，其父亲为了不限制她的思路，一开始不向其传授家传流派之学，仅让她背诵十四经的循行路线。待其有了一定的临床实践后，才让其背诵《玉龙赋》，并结合具体病例与其探讨。

作为启蒙，王外婆建议我除了背诵十四经的循行路线以外，就牢记两个字——消炎。这是她穷其一生，在临床上使用针灸手段治疗内、外、妇、儿、伤等各科疾病后，认识到的针灸"心法"——凡见炎症，只要找对经络，总可以用针灸（包括拔罐和放血）之法消之。在王外婆看来，穴位不重要，她治疗过太多因为工伤或车祸而肢体不全者；所谓的手法、得气感也没有那么重要，她说自己盛年巅峰时一天看100多个病人，还要带教学生，哪有时间每个人都做手法，但只要经络选对了，病人的各类炎症自然可以消除，并且不断好转。这虽然是一家之言，但也是经验之谈。

一方面受王外婆影响，另一方面确实因为练习指力和针法的时间有限，所以我自己用针灸时，也很少用手法，自觉同样可以取得效果，无非是可能会慢一点、需要的治疗次数多一点，但也不容易造成偏差。在消炎"心法"的指导下，我比较容易地接受了腹针的治疗策略——用针刺的深度而不是得气的强度来实现疗效。而熟悉经络的循行，无疑也使我得以自觉地运用经络辨证。

最重要的是，通过牢记"消炎"二字，我得以在临床针灸治疗时一方面始终坚信经络的作用并心存敬畏，选穴也更加灵活；另一方面，我会始终注意评估针灸可能起效的界限，并能理解自《外台秘要》时代以来，部分人士始终对于针灸存在质疑的原因。以难治的间质性膀胱炎为例，在急性期，当膀胱镜下能见到大量出血点时，针灸能发挥很好的消炎作用；而到了慢性期，当膀胱镜下见到的是大量纤维化的组织，只余留少量散在的出血点时，针灸能发挥的消炎作用也就比较有限了。如果不明确针灸可能起效的界限，那么中医师就难免因疗效不佳而被人质疑。

当然，在具体选穴方面，我受益于C教授更多，同时还受到五腧穴、董氏奇穴、黄帝内针等流派或学说的影响，并参考针灸治疗学的规矩。

时间是永恒的变量，岁月成就伟人的传奇，也延续普通人的友谊。虽然拜访王外婆的时间很短，但是她关于针灸"心法"的讲解让我收获很大，也启发我在后续跟师抄方的过程中注重对于"心法"的了解。

除了针灸，在内科方面，我跟随 W 教授抄方的时间最长，虽然常看 W 教授主编的专著，但我总觉得书里写的和临床实际还不太一样。W 教授的临床工作非常繁忙，我好长时间都没有找到机会请教，直到一次门诊间隙，听 W 教授说起他的师承流派和心法才豁然开朗。

W 教授是上海中医学院的第一届学生，当时教材没有像现在这么成体系，辨证论治对教学的影响也和今日的情况不同。W 教授曾笑说那时大家在学校里都学得糊里糊涂的，好在还能在实习阶段跟名师。比如 W 教授是在曙光医院实习的，当时带教老师比学生多，特别重视带教，W 教授也得以跟随多位名师抄方。其中很多老师是解放前的开业名医，各有一套争取"回头客"病人的诀窍。

在博采众长的过程中，W 教授主要接受了当时沪上魏家流派的思想：每次处方，总要让病家获得一点改善。后来他一直贯彻魏家流派的传承，在辨证的基础上加上对症用药，哪怕显得有些"头痛医头""脚痛医脚"，临床疗效还是非常好，病人很多。

在"辨证＋对症"心法的主导思想下，W 教授教导我们在整理医案时，优先总结完整的、有动态变化的病例。生命是连续的过程，目前由于各种原因，临床上中医需要面对大量慢性病患者。其中有的会急性加重，有的会在主病以外兼有他病。跟师之人若想明了如何根据患者的实际情况，在辨证论治的过程中动态地加减进退、采用最精悍的对症用药，就只能通过一个个病案来总结。明白了老师的师承本源和良苦用心，虽然总结的过程比较繁琐甚至"痛苦"，但是我们都很努力地反映临床原貌，提高也快。

除了跟具体的名师以外，适当运用某些流派的"心法"对于临床也很有帮助。2016年作为基地医师在泌尿外科轮转时，我看到许多特意从外地赶来求治的患者，经过中西医结合治疗能够有所好转，就与带教的Y老师交流探讨。他说对于基地医师而言，由于时间短，不用记太多关于具体疾病的诊疗方案，只要能记住他所传承流派的"养阴活血"四字心法即可。2020年我又有机会与泌尿系统领域的中医专家交流，听说了"男养精，女补血"的心法。现在每当遇到兼夹有前列腺炎、膀胱炎等慢性疾病的患者，在本科室的主要疾病的治疗进入稳定期以后，我也会参照上述两句心法调整用药，帮助患者提高生活质量、更好地康复。

二、重视碎片化的点拨

临床医师通常工作繁忙，很难抽出整段时间指导学生，更不用说一对一地指导了。这就更需要我们结合过往的经历，在跟师期间及时感悟老师的只言片语。

2004年，学了一些基础物理的课程后，我选修了Y院长与H教授联合授课的近代物理。课上，大量的图像思维、能量谱观点和对近代数学的介绍让我大开眼界。在后续的课程中，我非常重视从能量角度认识物理现象，并将其发展为我看待各类现象的一种基本工具。

转型中医以后,我也试着用能量的观点来看待中医学的模型,经常有点滴的心得。跟师 C 教授学习针灸时,有一次 C 教授在门诊之余点拨我去思考:如何从能量的角度理解"得气""气至病所",解释为何热病可以用灸。从此以后,我侍诊时常有领悟:老师先综合判断出患者出现能量失衡的区域,随后通过各种针灸手段,尽快恢复那里的能量平衡。

后来我自己在治疗门诊上学着老师用针灸,体会就更加深刻了。从能量的角度认识针灸治疗,难点有二:一是如何比较客观地发现能量失衡的区域,二是用什么手段高效地改变该区域的能量。以实体肿瘤为例,在 PET‐CT 上病灶是高 SUV 值,反映了能量失衡。那么如果能改变这种能量失衡,就有可能控制肿瘤的发展。而关于肿瘤病灶处到底是高能量区域还是低能量区域,我也曾与有关同学和朋友探讨过。目前我倾向于认为其是相对低能量区域,局部的组织为了适应这种低能量状态而不得不作出改变,表现出高代谢、高能量的假象。因此,用于降低能量代谢水平的放、化疗手段的治疗作用有限。而中医药的扶正过程虽然不如放、化疗精准,但是其在提高人体总体能量状态的同时,协调了各区域能量的平衡,使得原来实质上处于相对较低能量状态的区域的失衡得以恢复,从而控制病情。对于多种所谓"不死的肿瘤"的风湿免疫病而言,同样存在类似的问题:因为免疫系统处于低能量状态,所以其不得不通过发生紊乱、产生抗体来争取能量的供应。

C 教授除了指点我"能量说"以外,还强调"结构说"。有一位压力性尿失禁的新病人,虽已在别处屡经治疗,还曾做过手术,但效果仍然不佳,故经人介绍前来求治。待她躺到治疗床上以后,我发现她比较肥胖,且骨盆两边明显不对称。随后我注意到:老师用针的方向和手法都与以往不同。患者经治疗后，反馈非常好，诉说针感很明显，治疗结束后特意多坐了一会儿，明显感觉没有尿意了才放心地离开。C教授对这个病例的短期治疗效果也比较满意，门诊之后提及早年做西医泌尿外科大夫的经历，提醒我们对于具体病种，针灸要起效的关键是"对解剖结构要非常熟悉"。

听了C教授有感而发的提醒后，我忽然明白：虽然整体观是中医的特点，但对于每个具体病种，临床中医师从不排斥还原论的观点。正所谓"细节决定成败"，历史上能够流传下来的中医临床文献，无一不是对于一个个具体病种、所遇到的问题（包括症状、体征、预后等）详细的"作战手册"，而不仅是战略概念和医理的探讨。跟名师时，我们特别需要学习老师的治疗细节：对于某个具体的病，基于解剖、生理、病理知识，运用中药、针灸等手段到底能够解决哪些问题、解决到何种程度、需要多少时间等。这些都是老师的宝贵经验，也是每一位临床医师通过跟师和实践后需要真正弄清楚的。

除了针灸门诊以外，跟师内科门诊时所需要吸收的知识碎片也很多。2015年，经过思考及申请，我将规培第二年的轮转科室定在了风湿科。当时科里的安排是由规培医师每隔2～3周轮流去跟C教授抄方。抄了一两次方以后，我明显感到门诊与病房需要处理的病种、处方应对的节奏等都很不一样。由于不是风湿病专科的研究生，我对其中的许多细节尚不熟悉，觉得抄方的频率低了一些。为了尽快适应专科的工作，我向S教授申请，每周在病房工作有余力的情况下，去跟他抄方1～2小时。

虽然病房工作比较繁忙，我没能保证较高频次的抄方，但是间断的抄方经历还是给了我很大的帮助。每当遇到风湿免疫病特征性的体征(如皮疹、关节改变等),S教授都提醒我们抄方的医师和学生要重视。虽然也可以看《中国风湿病图谱》等书籍上的照片,但是那些毕竟是静态的、平面的、局部的,和临证时看到的动态的、立体的、可以和身体其他部分联系起来观察的体征还是不同的。另外,S教授还会结合病人情况点拨很多细节:哪些病种的某个阶段在门诊上就可以处理?哪些必须收治到病房使用激素冲击或环磷酰胺治疗?哪些在门诊继续观察也可以,收入病房加强诊治也可以?哪些病人需要定期全面评估、复查?哪些疾病在某个阶段用中药就可以控制?多久可能起效?哪些则必须加用西药?哪些还要配合针灸等外治的手段(比如股骨头坏死)?怎样安慰病人、鼓励病人坚持治疗?怎样用较短的时间让病人了解饮食宜忌和生活调护的注意事项?……将上述碎片化的细节拼接在一起以后,无论是专科门诊还是病房的工作都变得游刃有余起来。后来我能够自己独立看门诊,也是靠这个阶段抄方打下的基础。

三、在比较中兼容并蓄

现代医学强调标准、指南、客观的循证依据,当诊断明确以后,治疗手段比较均质化;而不同中医师处理同一个疾病的手段各有千秋,需要跟师者在比较中仔细辨别其选方用药的差异,最终兼容并蓄。

有一种信仰叫经方

虽说好的中医不应有门户之见,不过经方派与讲求"理法方药"的时方派的区别还是很大的。毋庸置疑,因为经方的疗效确切，所以对于经方的信任乃至信仰，可以说是深入到每位临床医师的头脑中的。比如我跟师 C 教授期间，某次她因为前一晚饮食不当，正巧肠胃不适，便为自己开了一剂半夏泻心汤，一早请药房煎好服用后，很快改善，得以坚持门诊。

虽然 C 教授对于经方也很熟悉，但在门诊上基本是用自创的经验方治疗肾病患者。而临床上也有许多只用经方的老师，比如 T 教授是龙华医院脾胃病科的名中医，药味非常精简，用量也很少，完全是走经方的路子。

我当时一方面有些怀疑 T 教授用这么少的药味、如此轻的药量能否看好病；另一方面，我看到一起规培的同事 G 医师每次跟导师 T 教授抄方都结束得很晚，想来 T 教授的医术应该是极高明的，否则不会有这么多门诊病人。特别是考虑到 T 教授为人低调，几乎从不在电视台和广播台做节目，也不做什么宣传，有这么多病人肯定还是因为疗效出众。

为了解开疑惑，我特意向 G 医师请教。她谦虚地说抄方时日不足，功力尚浅，难以和我说出些所以然来。不过她说，导师经常教育她们，一定要相信经方，相信经方药物能治病、治好病。我想这可以说是一种关于经方的信仰：你相信什么，就会有怎样的处方结构和用药思路。当然，再好的信仰也必须接受现实世界的检验，不同的专科专病、不同的患者群体所适合的处方和用药应该是不尽相同的。

大 方 复 治

虽然在许多医案（尤其是民间高手的医案）的按语中，都会写有用小处方精准辨证、药证相符、力专效宏、效如桴鼓等词汇。然而只要是做过一段时间临床医师，就会知道这样的情况即使有，也不是临床的常态。越有经验的中医师往往越清醒，很少报道用小处方治疗的医案。

2010年初入上中医时，"国医大师"裘沛然先生刚刚过世，学校里各种纪念活动比较多，我得以在刚入学阶段就了解到裘老有关处方繁简之论，后来看到"广络原野"的处方也就能够接受。比如2015年冬天，我在风湿科规培时就遇到了师承"大方复治"的同事A医师。每周四下午，他都会去位于嘉定的某私人诊所跟随Z医师抄方，笔记中的处方都是用药极多、用量令人瞠目结舌的超常规方，比如生石膏300克、知母600克之类。据A医师说，病人基本都要用麻袋装药。由于对于包括肿瘤在内的许多疑难危重症有一定的疗效，虽然Z医师的诊所地处偏远，还是有许多病人慕名而来。

从A医师处得知，Z医师一开始是按学院派的规矩用药，后来虽然成为一方名医，但临床效果始终达不到自己内心的预期，所以就逐步加大药量。而为了监制药物毒性，他必须加入新的药物，于是处方药味越来越多、药量越来越大，最终形成了一套针对肿瘤等疑难危重症的大处方体系。

我能够接受"大方复治"，一方面是因为比较早地接触到裘老的思想，另一方面还是因为物理学发展史上一直存在各种诸如"波动说vs粒子说""以太说"等的争论，通过四年的训练我已经自然地接受模型本来就有繁有简，只要能界定清楚边界条件和初始条件，又能通过实验验证，就都是合理的，认可不必执着于一种模型的观点。在中医临床中，无论采用小方还是大方，只要能取得疗效，就相当于通过了实验验证，就都是好的方法。

中医不传之秘在于量

我随 W 教授抄方时对于药量的体会最深。W 教授门诊上各科病都看，以脾胃病和脑病为主。对于新病人，W 教授处方用药非常谨慎，在几次复诊后，才逐步增加药量。我们既可以看到用轻灵之剂就能治好的病例，也能看到非得用到 40、50 克大剂量才能起效的病例。从临床实际来讲，我觉得这是合理的。尤其是对于许多慢性病而言，宁可花一些时间为患者摸索出一个合理的药量，也比一下子用一个可能引起副作用的药量产生问题要好。

逐步增加药量的方法虽好，但也并非适用于所有病种。比如我跟儿科的 W 教授抄方时发现，她对于小儿病用量就相对比较大，一方面小儿病程通常较短，一般起效后即可停用或改比较平和的方子；另一方面，W 教授看的都是特需门诊，接触的患者一般都已在普通门诊和专家门诊上反复看过，要取得非常规疗效，用量就相对要大一点。总之，虽然说药量是不传之秘，但具体要结合病种、面对的病人群体等确定，有许多经验的成分，不可一概而论。

四、跟师学习中的隐性知识与模因

自转型学习中医以来，我有幸先后跟随十几位老师抄方，目前也承担了师门传承工作室的一部分工作。我一直在思考，我们在跟师过程中学习的究竟是什么？

跟随针推学院的 X 教授学习时，我了解到"默会""隐性知识"

等诸多概念和理论，一开始觉得这些就是跟师学习的核心内容。隐性知识是迈克尔·波兰尼（Michael Polanyi）在 1958 年从哲学领域提出的概念，他认为："人类的知识有两种。通常被描述为知识的，即以书面文字、图表和数学公式加以表述的，只是一种类型的知识。而未被表述的知识，像我们在做某事的行动中所拥有的知识，则是另一种类型的知识。"他把前者称为显性知识，而将后者称为隐性知识。到临床后，我感到"隐性知识"是中医最精华而又最难传承的部分，需要在跟师学习中仔细体会。

以针灸为例。2013 年实习期间，在中医示范科跟随 W 主任学习针灸治疗后，我总结了 4 000 余字的笔记。但日后真正实践时，我发现 W 主任对我帮助最大的并不是取穴、进针方向和深度的具体细节，而是结合神经系统体格检查选穴的思维方式，以及为了取得疗效而使用"颈丛刺"等较为危险的穴位时"胆大心细"的风范。更为关键的是，我在跟诊时获得了 W 主任对于具体的患者实际如何用针、如何与患者及家属沟通等的"隐性知识"。

虽然现在网上学中医的资料非常多，但仍少有像徐灵胎那样通过自学成为名医的天才，中医主力军还是要靠院校在临床医学院中培养，其关键原因就是只有在这样的"主战场"中，学生才可能学习到全面的"隐性知识"。就像现代知识管理领域大师、SCEI 知识螺旋上升模型的提出者野中郁次郎（Ikujiro Nonaka）教授在一次采访中所说："显性知识在这个时代已经不稀缺了，隐性知识包括人的情感、信念、价值观等，这是机器替代不了的部分。"隐性知识分享、集体学习和共同进步过程，只有在现代医院大规模的轮转培养体系中才可能高效地完成，靠跟师等个别地积累并非不可以，只是会花更多的时间，也更容易产生偏颇。

　　随着跟师的深入，我发现隐性知识的内涵有点小了。除了一方一技、病患沟通以外，我们在深入跟师时，还需要学习老师怎样利用业余时间继续读书、做学问，怎样通过聚会和交流提高师门的凝聚力等。直到读了理查德·道金斯（Richard Dawkins）所著《自私的基因》中的"meme"（译为"模因"或"觅母"）后，我才恍然大悟，其实中医跟师学习、传承的核心是"模因"。

　　就中医传承而言，模因可以认为是中医在传播和传承过程中的基本单位。正如生物体的基因并非都能成功繁殖一样，有的中医模因能够经久不衰、影响广泛，另一些则消失在了历史长河之中。中医传承的成功与否也可以用道金斯对于模因所总结的三个关键因素来衡量：存续力、繁殖力和复制的忠诚度。

　　"薪尽火传"，中医模因的存续力取决于这个流派的人数多少。人数越多，传承才可能越久，所以像朱良春老先生那样既具有"知识不保守，经验不带走"的开阔胸襟、又有能力广收徒的医家，其中医模因就越有可能存续下去。

　　早先，中医模因的繁殖力受传播的限制很大，毕竟再好的思想、技术，不被别人知道就难以传播。现在由于网络的发达、视频录制的便捷，情况得到了改善。但是相对来说，由于医学的体系还是比较封闭的，因此中医模因的传播仍然需要顶层设计。

　　最后关于复制的忠诚度，要看中医模因被复制并传播时，能否完全保持原样。此前接触过某些师承考核，要求面对同一位病人时，学生的处方要和老师的处方有 90％ 以上的药味一致。不管合理与否，这样的考核其实体现了中医模因对于复制忠诚度的客观要求。

　　想清楚了这些点，后来我在跟师的过程中就有意识地去识别老师所体现出来的"模因"。有时老师会提起自己的老师，比如 W 教授无论是在门诊间歇，还是在师生交流、讨论时，都会经常提起恩师方药中和裘沛然等先生对自己的影响，其中的"模因"是比较容易找到的。而有些时候，或者因为老师忙，或者因为老师不属于喜欢"讲"的那种，"模因"并不容易找到。这时学生就需要仔细考察：哪些是老师的老师传承下来的？哪些是老师从中医经典中撷取的精华？哪些则是老师的独创？如"男补气，女补血"之类的中医模因广为人知，存续力很强；临床有效的经典药对或小处方是最容易被注意到的中医模因，其复制的忠诚度最高；相对来说，老师对疾病的独到认识、针对特定问题的针刺手法则最需要梳理和总结，也最不容易说清楚。虽然最后的这类中医模因往往是老师学术思想的精华所在，但繁殖的难度最大。

总之，将"模因"用于考察中医跟师传承是一个值得考虑的思路，而其中的一部分"模因"会体现在显性知识与隐性知识中。

第七章
如何在管理病床中学习

实习医师与规培医师的主要工作之一是管理病床,这里的"管理"与商业体系内的"管理"的内涵是很不相同的,相对而言更偏向于文书工作,并且有很多学习的内容。在管理病床的过程中,我时常提醒自己"三人行必有我师",努力向病人学习、向上级医师学习和向朋辈医师学习,不断提高临床业务水平。

一、向病人学习

对于临床医师而言,病人是最好的老师。一方面,许多慢性病患者"久病成医",所掌握的医学知识一点也不比实习和规培阶段的医生少,而且还能结合自己的实际情况把某个病的某个发展阶段讲透;另一方面,在为病人答疑解惑的过程中,医生常会感到"教然后知困",从而通过更有针对性的学习快速提高。即使在管理病床过程中遇到一些认知摩擦,或是医疗经济学方面的问题,医生也可以在深入思考问题根源的过程中有所收获。

处理认知摩擦

"认知摩擦"这一概念首先是由美国的交互设计师艾伦·库伯(Alan Cooper)提出的,其定义为:当人类智力遭遇随问题变化而变化的复杂信息系统规则时遇到的阻力。此前做 IT 工作时,我们在设计软件界面、操作流程时常常会遇到"认知摩擦"现象,发现用户难以理解程序员的意图。而在管理病床过程中,我发现也有类似的现象:病人往往难以理解与医药有关的文书的实际含义。

例如我在规培阶段曾管理过一名住院患者,她患有混合性结缔组织病,还合并有间质性肺炎、支气管扩张、高血压等多种疾病。某天,她生气地让护士叫我去床位,说她发现了一个"大秘密"——我们给她吃错药了。说完她还把某药品的说明书给我看,其中"毒副反应"部分被她用红笔醒目地圈出了"啮齿"两字。她认为这两个字是"龋齿",说正是因为我们给她吃错了药,才害得她牙齿不好。

我先耐心"学习"了患者的思考逻辑,随后向她解释:首先这两个字不是"龋齿",说明书上的这段话本义是说明该药物用于啮齿类动物的药理毒理实验结果,和她的病情没有任何关系;其次通过回顾病史,知道她牙齿不好有几十年了,远早于服用该药物,应该还是和她本来所患的风湿免疫病有关。尽管如此,她还是坚持要求停药,不得已我在请示上级医师后,为其替换了一个说明书上没有"啮齿"字眼的同类药物,作为控制病情的基础用药,患者方才接受。

事后我想,虽然这件事本身有些令人哭笑不得,但仍具有启发意义。不管患者的文化水平如何,愿意仔细阅读说明书还是好的,这意味着她很重视自己的治疗方案。对于这样的患者，医师一方面需要非常地耐心，另一方面也需要足够的智慧，真正如《灵枢·师传》所说的那样，"告之以其败，语之以其善，导之以其所便，开之以其所苦"，善待其"认知摩擦"，方能取得疗效。

在病房患者以外，还有一位门诊患者遇到的"认知摩擦"也值得一提。这是一名患有干燥综合征的中年女性，经过一段时间的治疗，乏力、口干等症状明显好转。虽然作为企业高管工作繁忙，但她一直给人以精力充沛、积极向上的感觉。某次门诊上，我忽然听出她声音带着哭腔，就多问了一句有什么心事。她欲言又止，后来在快要结束就诊时，才很忐忑地说出了原因。

原来，在就诊前一天，她在商场购物时遇到另一名患有干燥综合征的同龄人。可能因为职业、经历都相似，两人很谈得来，从陌生人快速成了朋友。这位朋友告诉她，自己病情很重，好多脏器都出了问题，医生说只有2到3年可以活了，所以现在疯狂消费，享受剩下的短暂人生。听完以后，她很认真地对比了自己和这位朋友的病程，发现自己只比她病程短3年。随后她又上网搜索了一下，看到许多病友或其家属"现身说法"，说干燥综合征会出现严重的并发症。想到3年后自己也会"好多脏器出问题"，然后迅速进入需要安排后事的状态，她顿时觉得人生无望了。

听她说出担忧以后，我连忙向她"学习"了搜索策略，得知她看的主要是一些论坛信息后，就开导她说目前其病情是很稳定的，而且虽然不知道她那位朋友的具体情况，但大多数干燥综合征患者的预后很好，出现严重并发症的概率是很小的。只是可能由于信息渠道的问题，导致她看到的都是不好的预后。我还将参与编写的科普读物《龙华中医谈风湿病》送给她阅读。当她看到正规书籍上所写的和我说的一样时,终于放下心来。后来这位患者恢复了常态,坚持治疗,状况一直非常稳定。

事后,一方面我很庆幸在第一时间听出了她声音中的异常;另一方面我也想到,现在网络资讯非常发达,病人如果没有找到合适的信息,那么更可能发生"认知摩擦"。

上述向病人"学习"的案例中,我的体会虽然比较琐碎,而且多少涉及一些医患沟通与医学心理的内容,但因为中医治疗需要照顾到人的方方面面,所以还是在此记录下来供读者参考。

重视医疗经济学

2013年作为F教授的研究生做有关慢性阻塞性肺疾病(COPD)的课题时,课题指标中有住院费用等医疗经济学指标,当时我还不太理解。后来随着临床工作的深入,我越来越多地接触到包括药价贵贱等在内的医疗经济学问题,感觉其对疾病的治疗和预后的影响远大于治疗方案本身。2015年我在血液科规培时,曾接诊过一位从A省来的自费患者。老先生曾在当地看了好久西医和中医,但其贫血状态与自觉症状都没有改善,就让子女凑了些钱专程来沪,希望明确诊断后对症下药。

住院完善检查后,上级医师考虑当地所作出的"巨幼细胞性贫血"的诊断是明确的,综合病史来看与老先生饮食结构偏素有关。老先生在当地疗效不佳的原因可能是其自觉症状改善不明显,所以没有坚持服药并遵医嘱调整饮食结构。

在给予常规补充叶酸和维生素B12的基础上,我结合他头晕头痛、心烦易怒、腰酸、夜尿频多等表现,参考舌脉开了以疏肝理气、益气生血和补肾填精为主的处方。老先生服用了 3 贴药后特意来向我道谢,说症状明显改善了。又经过一段时间治疗后,我们为老先生进行了血常规复查。因为其血红蛋白水平也已明显上升,故上级医师通知他准备出院。

本来是挺高兴的事情,没想到老先生核对住院费用后苦着脸来找我,说给他开的中药太贵了,即使回家在当地配药能报销一部分也吃不起,要求调整药方。我一边向他"学习"当地的风土人情,一边按照他能够承受的价格调整药方。随后我想到是否存在这种可能:当地的中医也因为需要考虑价格因素,只能用比较便宜的药材,药量也偏小,所以短期内起不到疗效,让老先生没有能够坚持治疗?

虽然中药在历史上一直以"简便廉验"而著称,但是随着制药工业的效率提升,与可以大规模合成的化学药相比,生长周期长、种植成本高的中药越来越没有经济优势。尤其是实施带量采购以后,这种现象将更为明显。而中药类似农产品的性质又决定了即使实行饮片带量采购,降价空间也会很有限。

如何用病人吃得起的中药看好病? 这是当代中医人必须重视的医疗经济学问题。除了通过顶层设计,系统性地降低中药价格以外,一线的中医师所能够做的,除了研究精简的处方、可替代高价药材的药物、药物起效的最小剂量以外,还可以考虑配合采用针灸、食疗、敷贴、指导功法练习等手段。

二、向上级医师学习

在管理病床过程中,下级医师最主要的学习内容是结合具体

的患者,向上级医师学习疾病的中西医诊疗规范,其中中医的诊疗
与书本差异比较大,常常令人深思。

我印象最深刻的是 2015 年夏天,在风湿科规培期间治疗一名
痹证患者。他是一名 70 多岁的退伍海军军官,患有严重的骨关节
炎,吹空调受凉后明显肿痛,服用 NSAIDs(非甾体抗炎药)类止痛
药和激素都无法改善。他入住病房后,我发现其双膝痛有定处,双
唇紫暗,舌质也暗,苔薄,脉弦,觉得虽可辨为痹病之痰瘀痹阻证,
但主要治法应偏向活血化瘀,遂以血府逐瘀汤打底处方。当时病
房处方 3 天一开,我改过两次处方,甚至加入了附子(因为开不出
川乌),但仍毫无效果。

患者服用第二剂处方后,恰逢上级医师 Q 主任查房,其辨证
思路完全不同。Q 主任指出,该患者双膝肿痛,但肤温不高,考虑
是有形的阴邪——湿聚为痰,闭阻经络,又感寒邪,遂以《金匮要
略》中的防己黄芪汤为底,并加入羌活、防风、牛膝及延胡索等药
物,没有加桃仁、红花等活血药,一剂而效。得到患者的反馈后,我
很纳闷,觉得患者并没有苔白腻、脉滑等痰象,而是以瘀象为主,何
以从血瘀论治无效,而从痰论治快速有效? 进一步我还想到,在面
对实际的患者时,无论是上级医师还是我们管床的医师几乎都不
会按照《中医内科学》的辨证分型来治疗,这到底是什么原因?

后来我通过学习 Q 主任的处方,不断反思这个治疗失败的案
例,考虑自己犯了三个错误:混淆了辨体质和辨病、辨整体和辨局
部、辨近期病因和辨长期病理产物。

首先是混淆了辨体质和辨病。我通过四诊注意到的主要是患
者的体质信息,但患者要解决的是骨关节炎急性发作(西医角度),
或曰痹证(中医角度)的病。后来读到潘华信教授关于附子完全可

以治疗阴虚之人的思辨观点，我开始反思《中医内科学》等教材。因为种种原因，教材必须典型，如何典型到能让学生容易记、老师愿认同、考试好出题呢？主要方法就是在证型中掺入很多与体质有关的信息。这样做的不足之一就是让科班出身者在辨证时，不自觉地先往体质上面靠，比如一见暗舌就是瘀，一见苔腻就是痰，而对于疾病本身最重要的主症、需要解决的问题反而不甚了了，于是就出现了众多中医博士看不来病的局面。

其次是混淆了辨整体和辨局部。虽然整体观念是中医理论体系的两个基本特点之一，但在临床具体运用中往往局部的问题才是主要矛盾。相对于咳嗽等其他内科疾病而言，痹证具有较客观的局部指征，临床上需要借鉴外科的局部辨证。比如应分清局部的主要矛盾在哪里：是寒还是热？是虚还是实？对于当时的患者而言，辨整体并非不需要，只是应延后，而局部消肿止痛的需求才更为迫切。回到教材的问题，因为一般《中医内科学》在《中医外科学》之前学习，所以相关章节没有强调局部辨证的内容。这导致我们在临床上遇到问题后才发现，很多重要的细节分散到各个证型中去了。

最后是混淆了辨近期病因和辨长期病理产物。患者有明确的短期受凉史，而我在处方时却主要考虑其长期病理产物"瘀"（而且还错了，应该主要考虑痰）的治疗，没有考虑对因治疗。这应该是临证少的缘故。教材中我们学习到的是疾病的一个横断面，培养对于"当下"患者的大体应对思路；但临床上我们面对的是有着许多"过往"经历的患者，此时就需要考虑其整体的发病过程。虽然我和其他同学一样，在学习过程中都经历了反复的问诊训练，也都背过"九问旧病十问因"，但真到临证时，即使问到了，也一时想不起要与处方对应起来;临床多了以后,却很自然地就会想先祛外邪。

总之,正是因为这三个"混淆",造成了该病例调治一周都没有效果。后来我读到沈丕安教授的《〈黄帝内经〉学术思想阐释》,书中他把临床的病情分为全身性疾病、系统性疾病、多发性疾病和局部性疾病四类,明确提出前两类需要辨证论治,后两类则"并不需要全身性辨证论治。直截了当的对症治疗,更具有针对性,其效果可能更为显著"。本例中的患者,即属于局部性疾病,应采用对症治疗为主。

目前我在临床中遇到痹证患者时,首先很重视祛除病因;第二,如果可以采用局部辨证,就会先参考中医外科的方法,而不对每位患者都采用全身性辨证;第三,经常提醒自己避免落入见体质而不见主病的思维陷阱。

基于上述思考,我还有一个小小的心得:各类痰证都可以参照《证治汇补》论哮证病机的名言"内有壅塞之气,外有非时之感,膈有胶固之痰"进行治疗。以关节痛为例,不管是类风湿性关节炎、骨关节炎还是痛风,发病时关节局部经脉内的气机一定是不畅的,可以用针通之,或用行气药;一般患者发病前多感受到外界寒热的变化,宜对应地采用温法或清法祛除病因,可以用艾灸、膏药等外治,也可以内服汤药;最后,关节局部就像膈一样有"胶固之痰",急性期应化痰利湿、消肿止痛为主;缓解期则通过调补肝(因"肝主筋")、脾、肾来巩固治疗,并配合活血化瘀法以治久痛。这样的辨证思路较《中医内科学》上的分型简单,采用后也更易把握临床上的主要矛盾并产生疗效。

无独有偶,T师叔曾提出,可以将妇科治崩漏三法"塞流、澄源、复旧"用于支气管扩张伴咯血的全程治疗。用后文第八章介绍的"前因后果，适用边界"的八字真言来看，这些思路正是将成熟的模型运用于新的环境边界。只要留心，中医临床上还可以找到许多类似的模型迁移的场景，形成专病有关的心得。

三、向朋辈医师学习

中医师的培养年限很长，又因其非标准化、需要悟性，而同龄人的词汇和思维模式相近，所以朋辈间的提点往往给人的帮助更大。

在实习阶段管理病床时，我遇到的朋辈提点者通常是优秀的规培医师。实习医师需要轮转的科室很多，每个科室的上级医师一般是固定的，而规培医师也是轮转的。巧的是，实习期间我在两个科室都遇到了G学姐。她之所以给我留下深刻的印象，是因为她始终精神饱满、神采奕奕，做事从来不急不躁，并且效率很高。考虑到很多学长学姐在繁忙的临床事务中都略显憔悴，有的甚至早生华发，她能做到如此实属不易。

我第二次遇到G学姐是在乳腺外科。患者多为青年女性，都很羡慕她的精气神。一次中午休息时，我忍不住请教她如何做到这点的？是否有保养的秘方？G学姐很大方，说自己是中医妇科的硕士，觉得女性只要能调好月经，基本不会有什么健康问题。虽然有时值班也很辛苦，但她会按照中医调经的思路安顿好自己休息和工作的周期，所以始终游刃有余。

寥寥几句，却给我很大的启发。后来我在临床上，对于需要长期服用中药的患有各类疾病的青年女性，除了常规辨证以外，都会特别重视其月经调理,遵照"经前勿滥补,经后勿滥攻""经前宜疏,经期宜和,经后宜补"等原则调整用药。结合月经的治疗相对更容易起效,也不容易发生偏差。

除了学妇科的 G 学姐以外,规培医师中还有一位擅长针灸的 Y 学姐也给我许多启发。她是毕业后工作过几年再来参加规培的,所以经验非常丰富,经常从针灸的角度指点我。2014 年我在急诊实习时,在留观(留院观察的简称)夜班中遇到一名 85 岁的上消化道出血的老先生。他经治疗后情况稳定,但从当天早上开始就没有小便,床旁超声显示尿潴留。患者家属有顾虑,没有同意留置导尿管。

经上级医师同意后,我按癃闭进行了针刺治疗,对关元穴加用了补的手法,还请家属用手机录了自来水的流水声给老先生听。遗憾的是,患者没能排出小便。家属权衡再三,当天半夜里还是同意为老先生留置了导尿管。

事后我就此病例请教了 Y 学姐。她说之前在卫生院工作时,常遇到类似的老年病例和对于导尿有顾虑的家属。她的经验是这类患者一般应从虚证考虑,在四诊合参的基础上,可以先静脉输注黄芪注射液,随后再于中极、关元等穴施用灸法或温针,比较容易通小便。她还说临床对虚实的把握非常关键,在针灸和内服汤药以外,也要与时俱进地多运用一些现代手段,加速患者的救治。

除了规培的学长学姐以外,跨专业的同学往往也"身怀绝技"。2013 年过去一半的时候,我们组里来了一名新的实习医师——来自江西中医药大学的 U 同学,他因为一些机缘得以到龙华医院加入我们的队伍。因为他是骨伤专业,此前学的许多课程和我们不一样,所以我们在一同管理病床的过程中碰撞出了不少火花。

U 同学虽然一个人在上海，但是人很外向，有"豪侠"之风，推拿又很有效果，所以很快就结交了许多朋友，包括我们宿舍附近的一家风味饭馆的老板。那位老板之前是某知名大酒店的掌勺，年纪上去以后，腰腿痛反复发作，只得退下来自己开饭馆烧些特色菜。因为 U 同学通过推拿让他感觉到了久违的腰腿松快感，所以他非常感激。后来只要我们去那里吃饭，报 U 同学的名字都可以打折，有时老板还会附送一道自己的创新菜。由此可见技多不压身，学好中医，行路不难。

我曾向 U 同学请教推拿手法，他检查了我的基本功，摇头说你练习太少，力量又不足，教了你也不懂。话虽如此，他还是好心教了我一个诀窍和两个手法。诀窍是先要能找准"筋"，哪怕用很小的力量，只要能将其拨开一点就会有明显效果。两个手法则分别是用肘关节拨松腰背部的"筋"和用拇指关节拨动颈部的"筋"，都很有效。他把自己摸"筋"的心得教给我以后，我根据杠杆原理，尝试用矿泉水瓶来拨那些摸到的"筋"，经验证竟然有不输于手法的效果，他很高兴多了一种方法。

5 年后，2018 年初我在急诊翻班管理抢救室时，U 同学的方法帮了我大忙。某次我接班了一位老年女性患者，她因"头晕 2 小时"由 120 救护车送来，此前有脑梗史。前面一班的医师争分夺秒地完成了各种检查，排除了新发的脑梗，考虑其为椎动脉型的颈椎病，用药后患者症状好转，正准备回家休息。不料我接班前，她换了个体位后突然又头晕得不行，她和家属都很激动，怀疑检查做错了，吵着要求重新检查，导致抢救室里一时气氛非常紧张。我仔细在她颈部作了触诊，发现左侧有条明显的"筋"，在征得她和家属同意后用拇指关节拨了六七下，能感到"筋"松开了，而患者也诉头晕的症状忽然没有了,和家属高高兴兴地回家了。

直到现在,我还很感恩实习路上有 U 同学的指点,同时也越发体会到医路漫漫,有条件的话各家各派的方法手段都应有所了解,或许在日后的某个场合就会派上用场。

而说起对于各家各派的了解,就不得不提我在规培阶段遇到的"实习"医师 F 先生。2016 年 9 月他在龙华风湿科实习期间,因卓越的针灸疗效吸引了很多患者,也吸引了我向他学习。

经了解,F 医师在台湾努力完成了药学专业的本科与研究生学业,还发表了多篇 SCI 论文,毕业后因为喜爱而转型中医,边开中药房边四处拜师、博览群书。5 年后他学业初成,7 年后成为周左宇先生的入室弟子,与倪海厦先生以师兄弟相称,对于各家各派都有了自己的见地,尤其熟悉董氏奇穴和日本诸家针灸流派。他在临床上除了王牌的烧山火和透天凉手法以外,还常用四类补泻法:提插(如打气筒,补则三插一提,泻则三提一插)、顺逆(顺经为补、逆经为泻)、进动(《针灸大成》所载之法,到得气处,退一分为补,进一分为泻)、呼吸(呼气时进针为补,吸气时出针为泻)。F 医师的体会是,其中尤以呼吸补泻为最强,因可于呼吸之际调经气、走三焦之故也。

从医 20 余年,F 医师特别相信经方,以"张仲景总是对的"为座右铭。在台湾他是多家诊所的开业医师,用中医药方法挽救了各类现代医学认为的"死症"和"绝症"。后来因为要来大陆筹建药厂,并需要相应的行医资格,他到上中医重读本科,也因此按照计划来龙华医院成了"实习"医师。

F 医师并不藏私,有空时即随缘为大家讲课。他很欣赏王唯工先生的研究思路,得知我是物理专业出身,就特意多指点了我一些,其中最重要的是指出：必须带着思维框架去读经典和做临床。有思维框架者,自然会反复推敲针灸和经方作用之病位在何处、所施之法为何而用、欲有何效；没有思维框架者,无论看书还是看病都难免"猜猜看""试试看",疗效自然有天壤之别。

还记得F医师当时以我参与管理的一名腹水患者为例,指出其病情的本质是中焦阴寒盛,光补白蛋白没有用,只解决西医肝脏代谢之标,不解决中医除了肝以外、整个三焦系统的寒湿之本。他提出如果遵照中医思维的治法,重点应是护阳气、维经脉,具体方法有四：

一则内治：使水化气而走三焦。可用温而不至于动心气之药物,以免动火而耗散最后的阳气,宜用干姜,但不宜用附子、桂枝。

二则外治：用电热毯、热水袋等多种方式提供外部的热源。

三则导引：主张让病人自己动,只要愿意动,哪怕只是动一点点,也能慢慢恢复阳气和生机。

四则针灸：维持经络的通畅,尤其是任督二脉的畅通。

F医师的经验是,如果不按这样的思维框架治疗,只是缺啥补啥,见水肿就利水的话,以腹水为主要表现的各类"死症"只会越治越差。而如果能有这样化阴水为阳气、以阴寒的中焦为核心病位的思维框架,只要综合的治疗措施能跟上,病人亦有意愿配合,那么很多患者是可以继续生存很长时间、甚至慢慢逆转病情的。

F医师是结合具体病例讲的,所以令人印象格外深刻。我当时所疑惑的有关腹水为何越抽越多、如何进行针药结合、如何说服患者在出院后坚持康复锻炼等疑问一并豁然而解。后来还通过请F医师吃饭、喝茶等比较自由的方式多次请教,我整理了一份他推荐的中医书单与具体读法。因为台湾地区的中医教材是《医宗金鉴》和《针灸大成》等经典古籍,且F医师是从师门传承和临床实用的角度出发进行了归纳,又偏向经方,所以其所述与大陆地区一般推荐的体系很不一样,特辑录于此供感兴趣的读者参考(部分书籍尚无简体中文版本)。

(1)医经类

《黄帝内经》只需通读一遍,明其大略,临床用到时再回来翻即可。自源流而下,可读《难经》及《千金方》中的医论部分。

(2)经方类

《伤寒论》《金匮要略》自然是重中之重。F医师的学习方法是读完以后,用自己的话讲解一遍,录成mp3音频文件,反复播放、温习,隔段时间重新录一遍,修正错误,增加心得体会。他推荐的经方类书籍有:

徐灵胎的全部著作;

唐宗海的《血证论》《伤寒论浅注补正》《金匮要略浅注补正》和《中西汇通医经精义》。F医师认为因其继陈修园之学,故读唐宗海后,陈修园书几可不读;

曹颖甫的《经方实验录》《伤寒发微》《经匮发微》;

张步桃的《伤寒大论坛》《张步桃医方思维》和《张步桃解读伤寒论》;

日本汉方书籍,如大塚敬节的《伤寒论解说》、吉益为则(东洞)的所有作品(《药征》《类聚方》《家塾方与方极》等),以及汤本求真的《皇汉医学》、稻叶克的《腹证奇览》等。F医师认为日本医家的书一定要读。

(3)本草类

首先,要带着思维框架去读《神农本草经》,例如从三焦之阳理

101

解黄芪治痈疽；

第二是读邹澍（润安）的《本经疏证》，同样带着思维框架去读，在作者以《神农本草经》《名医别录》为经，以《伤寒论》《金匮要略》《备急千金要方》《外台秘要》等为纬进行整理的基础上，看张仲景是怎样通过药物恢复人体生理之常的。

（4）针灸类

杨维杰的《针灸宝典》是最好的入门书和工具书。必须明了十四经，各种特殊穴等也须熟练掌握；

董氏奇穴，临床极有效。但只要掌握代表性穴位，如"上三黄"治肝，"下三黄"治肾，灵骨、大白治痛等。F医师认为除非只从事针灸，否则因还有中药可用，对于其他特殊的穴位不必掌握得过于细致；

对于周左宇和倪海厦的针灸著作，应了解以"五门十变"为特点的子午流注打法、祖孙穴配穴法等；

日本"针灸之神"泽田健所创泽田派的针灸著作，以代田文志的《针灸真髓》为代表；

修养斋的《古法针灸精义》和钟永祥的《传统针灸》，了解飞经走气手法。

（5）其他类

陈世铎的《黄帝外经》《辨证录》和《石室秘录》；

清代陆九芝、傅青主与戴天章合著的《世补斋医书全集》；

张锡纯的各类著作。

第八章
如何构建知识体系

随着智能手机的普及，所谓"利用碎片时间，拉开人生差距"的提法广为人道。但其实，比利用碎片时间更重要的是先构建起知识体系。只有在体系的基础上，碎片时间的所学、所思才可能被串联起来。

知识体系的建立并非一蹴而就。初步接触一个学科时，看到的往往是一个又一个的知识点，例如中医的一个穴位、一张方剂，此时的学习模式是以这些知识为中心的；而对于学科有了一定的积累以后，人脑就会把已有的知识点串联起来，并有选择性地吸收新的知识，这时学习模式就是以知识体系为中心了。

从理科转到医科，尤其是中医这样偏向文科的学科，要想快速建立知识体系是有一定困难的。回想在北大学物理之前，从初中二年级算起，已经学过 5 年物理，初步建立了"力、热、电、光、核"等基本的体系观念，大学所要学习的知识可以在这些知识树上面进一步分叉、延伸。而学中医之前，虽然我努力地看了一些书，但也只是一些零星的知识点，习惯了根据已知去学习未知的"化归"式学习法的我，在庞大而复杂的中医体系面前，颇为不习惯。

所幸我在某次和 W 教授聊天时得到了指点。他听出我想要学的东西很多，但当时处于"东一榔头西一棒子"的状态，由于不得章法而略显着急，就安慰我说："人体很复杂，中医要学的东西很多，不要着急，好好跟着课程一点一点学，再结合临床实际进行思考，自然而然就会形成整体的思路。"我很感谢 W 教授，自此以后心静了很多。我还想到，毕竟要靠 5 年的中学物理来为大学物理的学习作铺垫，就更加不着急了。

在理论联系实际的实习与规培阶段，对于疾病理性的认识和关于病人感性的了解都积累了一些，随着各方面条件逐渐成熟，我在不自觉中开始了知识体系的构建，大约经历了泛读、审问和精思三个阶段。

一、泛读之五行中医读书法

经常在各类网站上看到有人提问：学中医应该读什么书？回答林林总总，推荐什么样的书都有，不免使人困惑。因为是转型过来读医，所以我想强调的是，参加工作或步入社会后的读书方式和学生时代的方式应该是很不一样的。每当人们进入一个新的领域时，都应该通过泛读来尽可能快速掌握其全貌。在 IT 界，新手可以跟着前辈整理好的"学习路线图"进步；而关于中医，我结合五行理论和自己的体会整理了"五行中医读书法"，可供学习者在构建知识体系之初参考。

水：日常的读书，重在实用性的"点"

流水不腐，日常的读书也不应间断。水善利万物而不争，取

"水"之象,需要阅读的是重在实用、解决问题的书籍。至于解决什么问题,要看当下阅读者的需要。比如因自己或家人患有某种疾病,希望从中医的角度寻求一些方法,那么大可以直接一点,就看与这个病有关的、现代人写的医论医案医话,或核心期刊论文甚至科普读物之类,不一定要从中医基础理论之类的教材开始看。再比如临床医师如果能"拳不离手",常常翻阅前辈大家的用药心得和经验方,那么就可以收获一个个实用的"点"。

对于中医学习者而言,还有一类比较特殊的书:考试读物。记得在《中医基础理论》第一课上,老师就友情提示大家至少要考试考到四十岁。相应地,各类教材和应试书籍也至少要读到四十岁。为了避免临阵磨枪,平时就应有计划地开展这类书籍的读书计划。

木:在集体思维框架内的读书,重在实用性的"面"

独木不成林。虽然学习中医时提倡兼容并蓄,但是一旦真正做临床,就难免会有所侧重,最终医者就会发现:自己在思想上总会趋同于某个特定流派,也只有如此,才能从"面"上把握这一流派或曰集体思维框架内的所有智慧。这方面的读书又可以细分为两类:一是老师的书,二是自己已有"感觉"的书。

首先是老师的书。无论是老师主笔的书(注意不是组织众人力量合编的书)还是其经常推荐的书,多数都体现了其核心学术思想和观点,对于其处方决策具有决定性的影响。在阅读这些书的基础上再来学习老师的处方应对,就会有一个更加整体的系统视角,相当于站在了前人的肩膀上。比如我内科跟师时间最长的 W 教授就曾提出:读中医书可以先只抓两头,一头《伤寒论》,一头《景岳全书》,如有余力,再看"金元四大家"的代表著作和清代沈金鳌的《杂病源流犀烛》，然后看专科专病的书，比如做呼吸、急诊等专科，应再加上讲温病的书，则临床已足可应对。而在免疫病方面对我影响较大的 S 教授则提出，临床医师可以通过读《内经知要》把握《内经》的要点。他推崇明代王纶的《明医杂著》和清代叶天士的《临证指南医案》，并主张书不必尽读，更不可尽信，重要的是带着临床问题和思辨的视角反复去读。这些都给我提供了在集体思维内读书的框架。

第二是自己有"感觉"的书。 必须承认人和人是不一样的。从根本上来说，一本书是否能够读得进，取决于读者是否与作者有趋同的心理结构。某个风格的作者吸引特定的读者群，这在各个领域都是类似的。就像余秋雨先生在举雨果和《九三年》的例子时所说："找书其实是找自己，找一个比今天的你更出色的自己"。由于际遇、心境和表达习惯的不同，学习者会发现有的中医书籍读起来甘之如饴，有的则味同嚼蜡。

好在历史上的中医医家足够多，留下的书籍更是丰富。即使是公认的中医经典，如果暂时读不下去，也可以换一本再读，直到找到自己颇有兴趣连续读下去的书为止。比如我读任之堂的系列书籍时，很容易产生连续阅读的体验，而读《医学衷中参西录》就一直找不到感觉，可能是临床经验有限的缘故。

火：紧跟潮流的读书，重在时代性

"人类的一切我都不生疏"是马克思最喜欢的格言。在刚开始学习的阶段，我感到在较短时间内泛读一般性的医学健康类书籍、把握时代的潮流是很有必要的。这一方面有助于从广度上健全知识体系、补充科班学习的不足，试想如果我们敢说一句"中医的一切我都不生疏"，那么肯定更容易与社会上的人士沟通;另一方面,泛读可帮助学习者把握重点。在泛读的基础上,学习者可以从深度上完善思维网络,对于感兴趣的网络节点作进一步深入,而对于其他节点,在一开始的阶段浅尝辄止、有一个基本的认识即可。

虽然上中医在我们一入学时就推荐了阅读书目,但是学习曲线还是比较陡峭的。在此我提供一个一般性的医学健康类书籍的泛读思路:借助流行书籍的评分排行榜。例如"微信读书"(网页版)医学健康类排行榜上有 500 本书籍,我于 2022 年 1 月初分别打了关键词标签,并制作了图 8-1 所示的网络图,基本可以满足通过泛读初步构建知识体系与思维网络的需求:

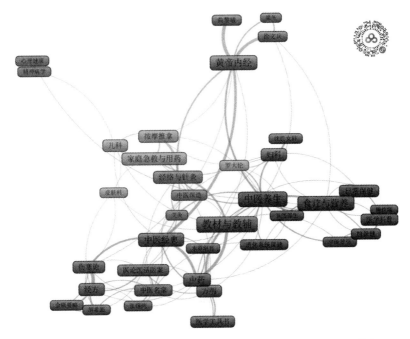

图 8-1 "微信读书"医学健康类排行榜前 500 本书籍关键词网络图

图 8－1 可以分成几个部分。位于最上部的紫色部分是《黄帝内经》系列。无疑,《黄帝内经》本身在医学健康领域是经久不衰的话题,而从图中可以看出,曲黎敏、梁冬和徐文兵等著者是这个细分领域的头部 IP。在深入学习《内经》之前,选择这几位大咖的高评分科普著作先读一下,有助于入门。

右侧红色部分是中医养生的大类,大体上可以看出,至少在"微信读书"的读者群体中,对于节气养生、脑保健、慢性病调理和食疗等都有需求。还有一个相对独立的分支是妇科。对于一名中医而言,这些养生话题最好都能懂一点,至少要知道大众能接触到的科普读物上是怎么说的。其中还有些是西医界的朋友写的,能够获得这么高的评分和排名一定有其独到之处。

相对于中医养生和保健,左侧黄色部分的书籍所需要解决的问题会更偏疾病一些,包括家庭中处理一些常见病的用药、父母关心的儿科问题和困扰许多人的皮肤科问题。在这部分中,罗大伦先生是比较突出的 IP,他的书能够在市场上胜出,说明其观点和说法比较容易为大家所接受。另外从网络分布及实际的内容来看,罗先生的书也涉及许多中医养生的内容。不管做哪个专科,黄色部分书籍的内容多少都需要懂一些,这样无论对于家人还是自己都很有帮助。

上述部分的许多手段都是基于经络与针灸的,由中间的浅蓝色部分显示。这部分是中医的精华,也是各种争论的焦点。唐代学者王焘在《外台秘要》中说:"若乃分天地至数,别阴阳至候,气有余则和其经渠以安之,志不足则补其复溜以养之,溶溶液液,调上调下。吾闻其语矣,未遇其人也。"至明代李时珍在《奇经八脉考》中提出"内景隧道,惟返观者能照察之"。虽然从古至今,对于经络与针灸始终争议不断,但并不妨碍人们使用。即使志向不是做医生,到了一定的阶段,一旦希望再深入了解一些中医,或者以内科为主的中医师想进一步提高疗效,就有必要提高对于经络与针灸的认识。

在此基础上,如果还要进一步深入,那就要看中间深蓝色部分的教材与教辅了。其中,较好的医学工具书和贴近学习目标的中医经典的阅读也是不可或缺的。顺便指出,排行榜上之所以会有较多的中药和方剂书籍,一方面可能是因为目前的教材尚存在较多需要补充的地方;另一方面,则是因为每个人的阅读习惯、知识储备存在很大差异,对于这两门重要的课程,不得不在教材以外寻找补充读物。

左下角的绿色部分就更为专业了,适合有志于专业从事中医的朋友阅读。从排行榜来看,医论医话医案因为记录鲜活,深受大家欢迎,其中张锡纯和胡希恕两位名医的人气较高。而以伤寒方、金匮方为核心的经方则是大家公认最需要反复阅读的内容。

当然,最后也不要遗漏左上角橙色心理健康部分的内容,许多中医爱好者同时也是心理学爱好者,了解有关话题有助于更好地与病人沟通。

在此基础上,如果想要在某一版块进一步泛读,那就在相应结点作更细化的网络即可。例如根据图 8 - 1 左下角的绿色部分涉及的关键词,可以在排行榜上进一步筛选出有关的 61 本书,并用其关键词建立如图 8 - 2 所示的网络。

在网络图的引导下,就可以针对该专业领域进行进一步泛读了。

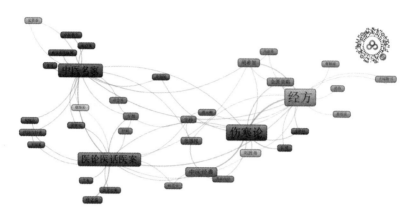

**图 8－2 "微信读书"医学健康类排行榜中偏专业的
61 本书籍的关键词网络图**

当然，上述方法的缺陷是排行榜可能以偏概全，且易受到关键词设定的影响。不过对于希望通过泛读来尽快建立知识体系和思维网络的学习者而言，排行榜泛读法不失为一种有益的尝试途径，并且可以用于打破由推送算法构建的"信息茧房"，克服"证实偏见"弊端。如果觉得排行榜可能还有遗漏或抽样不充分的缺点，那么有兴趣的朋友还可以用 python 编写一个爬虫，去知乎或豆瓣上抓取推荐的书籍信息，所得结果将更为全面地反映我们这个时代有关中医的潮流。

土：基本功的读书，重在系统性

如果说前面三种读书还是偏重实用主义，那么系统性的读书则着力于夯实中医基本功，建立坚固的思维框架。在这方面，我曾经想整理《名老中医之路》中各位名家提及的中医书单，后来发现颜纯淳先生已经做过这方面工作，并在 2011 年 9 月的《山东中医药大学学报》上发表文章《名老中医读书之路》，在此基础

上,我进一步整理了 10 位及以上名老中医提及的 25 本核心书籍,
见表 8-1:

表 8-1 《名老中医之路》中 10 位及以上名老中医提及的核心书籍

序号	书　　名	备 注 及 朝 代
1	黄帝内经·灵枢	四大经典
2	黄帝内经·素问	四大经典
3	类经	四大经典发挥;明
4	素问灵枢类纂约注	四大经典发挥;清
5	难经	四大经典
6	伤寒论	四大经典;汉
7	金匮要略	四大经典;汉
8	神农本草经	四大经典
9	医学三字经	四小经典;清
10	濒湖脉学	四小经典;明
11	药性赋	四小经典;清
12	汤头歌诀	四小经典;清
13	诸病源候论	隋
14	备急千金要方	唐
15	千金翼方	唐
16	外台秘要	唐

续　表

序号	书　　名	备注及朝代
17	本草纲目	明
18	景岳全书	明
19	本草备要	清
20	医学心悟	清
21	医方集解	清
22	温热经纬	清
23	温病条辨	清
24	临证指南医案	清
25	医宗金鉴	清

　　或许只有通读过上述 25 本书，方能称得上有一定的中医功底。今后有时间我想用同样的思路提取《中国百年百名中医临床家》丛书中提及的书单，希望在临床思维的系统性方面有进一步的收获。

金：为兴趣的读书，重在思想性

　　金在五行中多意味着变化。这部分的读书不妨跟着兴趣走，达到给既有的思维体系带来变化的目的，相对更注重思想性一些。比如有一段时间，我对脉学感兴趣，就挑了《三指禅》《金氏脉学》等和教科书上观点不太一样的书籍来阅读；后来接触到台湾地区的医家，就看了周左宇、倪海厦、张步桃等先生的书，也是重点看其与大陆地区的不同观点。

总之,如果只读一方面的书,就容易有局限性。而五行读书法可以提供一个全面的泛读框架,避免在构建知识体系之初就落入"信息茧房"的陷阱。

二、审问之探寻适用范围

《礼记·中庸》曰:"博学之,审问之,慎思之,明辨之,笃行之",以上泛读可认为实现了"博学之",要构建知识体系还需要"审问之"以加强各知识节点的深度。中医源远流长,要对所有的知识点都进行有针对性的审问、探寻适用范围则有一定难度。不妨以医案、名言名句和药物为审问的重点,并选用合适的方法。

用便签法读医案

在各类中医书籍中,我感觉最好读的是医案,最难读的也是医案。说好读,是因为医案就像一个个具体的故事,有过程、有结果,有的还用按语来说明医案中处方用药的原理;说难读,是因为大多数医案还是写得比较枯燥的,特别是像《临证指南医案》之类的古代医案,有的就是极其简略地记录了一下所用方药。

在实习与规培阶段,我经常参与整理名老中医的医案。应该说认真写一份医案、特别是如果能得到老师批改的话,收获是很大的,比单纯的抄方效率要高很多。但是阅读其他医案时,就难免有"距离感",特别是不知道如何将医案中的精华用之于自己的临床实践。我曾在抄方之余与 S 教授聊起这方面的困惑,得知他的做法是把医案当工具书，临床上遇到具体问题时去翻找类似的解决方案，用于治疗后观察实际效果是否与医案记录的相同。比如刚从事风湿免疫专业时，S教授反复翻阅《临证指南医案》，在其中找到了类似系统性红斑狼疮活动期高热的案子，参照用药后，患者热退人安。

后来读到著名教育学家马尔科姆·诺尔斯（Malcolm S. Knowles）提出的有关成人有效学习的五大公理——自我导向、关联经验、强调实践、聚焦于解决实际问题和内在驱动，结合与S教授的交流，我终于认识到读医案应该"反求诸己"，真正的出发点应该是医者本身。在具体操作时，可以参照《这样读书就够了》中的核心——"便签学习法"来审问医案，充实有关中医临床的知识体系。具体方法是从所关注的临床问题出发，在翻阅医案书的过程中为有借鉴价值的医案建立三张便签：

第一张是I标签(Interpretation)：用自己的话简述这则医案的特点、与所关注的问题的联系。换言之，如果医案与所关注的问题无关，则可以直接略过，即"书不必尽读"。

第二张是A1标签（A指Appropriation）：反思经验，简述自己有无治疗或跟诊过相关的案子。A1可贴在I标签旁边。

第三张是A2标签：规划应用，提出可能用于解决临床问题的具体措施，比如下次某患者再来就诊时可加用某方某药等。A2可贴在A1标签旁边。

这样当逐步审问完一本医案书后，把A2标签收集起来，就可以形成一份详细具体的临床思路调整方案了。下次再积累了一些问题和困惑时，可以重新用"便签学习法"读一遍医案书，又会有新的收获。

审视经典名言的适用边界

中医历史上积累下来许多经典名言名句,总结精辟,但名言名句多是碎片化的知识,在写文章、医案时不加区别地去引用就容易造成思维的混乱。因此出现了一些批评中医的声音:"中医是个大箩筐,什么都往里面装""中医不就是绕来绕去,用前理证明后理"。这些混乱的根源可能在于:中医博大精深,而个体的力量又极为有限,结果中医人往往只将各类名言名句作为知识的积累,而没有将其梳理为知识体系。

那么如何梳理中医历史上积累下来的名言名句及各类思想和观点呢? 不妨像认识物理模型一样明确其适用范围。从物理学的发展来看,许多次进步都来源于对适用范围的探究:比如通过假设不存在摩擦力,推导出物体会保持直线运动或静止;又比如将弹簧理想化,才导出了胡克定律;还比如有了光速不变性的前提,才有了相对论。

怎样明确适用范围呢? 可以借鉴"拆书帮"的做法。"拆书帮"的创始人赵周先生也是物理学专业出身,其对于明确各类规则的边界条件非常用心,在所著《这样读书就够了》中总结了"前因后果,适用边界"八字真言,也可以套用到中医名言名句的分析和整理方面:

前(前车可鉴):为什么这一名言名句对我们重要? 最初是对于治疗什么病提出的?

因(相因相生):关于这一名言名句,都有哪些关于病因的假设? 怎么验证或排除这些假设?

后(以观后效)：用这一名言名句去指导治疗,最好的预期是什么?

果(自食其果)：如果不采用此名言名句的方法,那么会发生什么?

适(适得其反)：有没有医家不同意这一名名言名句? 有没有含义相反的名言名句甚至相应的案例?

用(使用条件)：要实践这一名言名句,主要针对疾病的哪个阶段? 需要具备哪些条件? 中药还是针灸? 患者怎样配合? 等等。除此以外,现代医学是否有其他方式可用于达到同样的目的?

边(旁敲边鼓)：有没有可供借鉴的病案? 其他病种的治疗是否也有类似的名言名句? 该名言名句能否用于其他病种的治疗?

界(楚河汉界)：无论是医家的不同意见还是类似的名言名句,其与当前名言名句的真正区别是什么? 交集有哪些?

试举一例。缪希雍在《先醒斋医学广笔记》提出吐血三诀:"宜行血,不宜止血""宜补肝,不宜伐肝""宜降气,不宜降火"。如用"界"字诀,很快就能发现后世医家唐宗海在《血证论》"吐血"部分,主张"止血""消瘀""宁血""补血"的法则。两者对比,"不宜止血"和"止血"是相反的论述,乍一看有矛盾之感,近代学者对于吐血三诀也因此批判较多。然而,通过"用"字诀仔细推敲两种名言名句的适用范围,就会明白唐氏之论针对了吐血病程的不同阶段,较之缪氏三诀的体系更加完备。

而如果用"边"字诀,从吐血拓展到同样会有反复出血过程的崩漏,则会发现"塞流、澄源、复旧"与唐氏之论有异曲同工之妙:塞流略同止血、澄源不离消瘀、复旧之中当有宁血与补血之手段;

而如果将"血"拓展到其他体液,考虑现代医学中的糜烂性胃炎伴有胃酸过多,那么我们能否推导出"抑酸""清热""理气""养阴"之法呢?

对于种种中医名言名句,一旦系统地使用寻找适用范围的方法,相信一方面会更加明确其指征,另一方面则会有触类旁通之感。

实事求是审药效

规培期间,我断断续续地读了许多任之堂的书籍,很欣赏其中关于调理气机的治疗思路,以及"顺其性、养其真、降其浊"的"鼎三法"。我还结合自己从事风湿病专科和中医治未病等工作的体会,参照着提出了"祛其邪、扶其正、对其症、适其体、防其变"的"鼎五法"治疗体系,以应鼎之"三足两耳"之象。其中"祛其邪"包括了"降其浊"和各类对因治疗;"扶其正"则涵盖了"顺其性"和"养其真",还要包括外治通经络的手段;"对其症"不仅需要"头痛医头、脚痛医脚"的传统对症用药,还应在辨病治疗的框架内,结合中药药理的研究成果加入对指标用药;而"适其体"主要是指药物与患者的体质相适应,至少应不伤胃气,从而保证患者能够长期服用,更重要的是能够针对病理体质而用药;"防其变"的范畴则更宽泛一些,除了用药预防气候变化(包括五运六气的变动)所可能造成的病情急性加重以外,还应包括改善西药副作用、起居和心理指导等方面的内容。

不过正如陆游在诗中所说的"纸上得来终觉浅,绝知此事要躬行"。读了一定量的中医书籍后,特别是临床经验类的书籍后,我常常会有疑问：疗效真的这样好吗？比如我对于任之堂系列书中某些大剂量用药和冷门药存在疑问。在急诊轮转时，我有机会与来自肿瘤科的S医师探讨此事，才知其早已着手用临床实效来审问任之堂对于药物的用法。

由于肿瘤患者本来病情就比较复杂，大剂量用药并不显得奇怪，也容易为患者所接受；加之万能的某宝上有许多冷门药材，价格也不贵，配合度高的患者愿意自费购买加入处方中。在肿瘤专方基础上加入任之堂提出的大剂量药和冷门药后，S医师观察了一段时间，从门诊反馈来看，这样的做法与常规治疗相比效果并不突出。他的审问结果至少说明：对于肿瘤患者采用这两种做法收益有限。而如果仔细回顾任之堂书籍中的记载的话，我们就会发现许多疗效的取得，是药物、针灸、饮食结构调整、导引（包括拍打等）和情绪开导等综合作用的结果。

总之，通过上述对医案、名言名句和药物的重点审问，可以加深对于知识点的理解和掌握，明确其适用范围，从而加速知识体系的构建。

三、精思之构建中医知识体系

苏格拉底曾说："人类最辛苦的劳动，是思考。"要构建知识体系，即使有广博的泛读、一定程度的审问还是不够的，还需要精深的思考：首先是提炼书中的思想，然后要随着机缘形成自己的观念，再采用"费曼学习法"，用输出"倒逼"输入、不断梳理体系，最后沉淀出知识体系中具有基石作用的决定性的书籍和观念。

千卷易得，一思难求

上中医在选课方面给了我比较灵活的权限，使我得以和高年级的同学一起上许多课程，并结识了许多能一起讨论的朋友。在学校里，与之讨论较多的是岳阳班的 H 同学；下到龙华实习和进行基地规培后，则和龙华班的 Y 同学、中基班的 P 同学讨论较多。

或许衡量一个人是否真正喜欢中医，只要看他是否持续地阅读和思考中医类的书即可。H 同学和我一样，平时读书比较宽泛。有一次，H 同学和我讨论时感叹"千卷易得，一思难求"，说最近读的书都没什么"思想"。我看了下他读的书目，基本都是医论医案医话。这些书是当代医家的行医记录，如果不是做相关临床专业的话，那么确实难有比较深的体会。正好，那段时间我在读的都是各类探讨中医理论与模型的书，虽然都很有意思，但感觉没什么可供临床实用的"干货"。

那天的讨论让我们都觉得很巧，互相都在读对方所缺的内容，正好彼此推荐书籍。后来我读到了肇始于蒙代尔三角的各类"不可能三角"，在此姑且提出一个适合于中医书籍的"不可能三角"：思想性、系统性、实用性。思想特别新颖的或者深刻的，往往要么给出的是原则，什么都说了，但什么也没说；要么只局限在某个点，不及全局；系统性强、兼收并蓄的，往往不得不放弃个性化的思想，而且为了全面，有用的和不一定有用的都得记录；追求实用的就更不用说了，能解决具体问题即可，不需要有多么创新的思想，更无需证明自己的理念"放之四海而皆准"。

思想性的典型如《黄帝内经》的《素问》部分，是各类中医理论的源头，但给出的实用处方很少；而《灵枢》部分除了思想性以外，系统性和实用性也都比较强。系统性的典型如《千金方》《外台秘要》《太平圣惠方》和《圣济总录》之类，是当时的集大成者，可以作为工具书查阅。实用性的典型是近代医家的临床经验总结，如果做相关专科，或想了解某个专病，基本可以拿来就用，但对于思想的创新、系统的架构帮助不大，需要学习者自己进一步做许多工作。

在"不可能三角"的顶点之间，历代都有填补空白的作品。例如《景岳全书》可以说是结合了思想性和系统性，《针灸大成》《本草纲目》兼具系统性（分别在针灸和中药领域）和实用性，而《脾胃论》《血证论》等历代医家的核心代表作则兼具思想性与实用性。而近现代医家的书主要分两类，一类是团队共同编写的系统性的工具书，另一类是实用性为主的临床医案医话。如果能兼具思想性和实用性，那么一般都会很受欢迎，这其中有 Y 同学推荐的吴雄志先生论伤寒和黄金昶先生论肿瘤的书，还有 P 同学推荐的任之堂系列书籍。不过有思想的书一般容易有争议，于是网上评论区会同时出现众多红粉与黑粉。

总之，运用上述"不可能三角"的框架有助于加速考察并提炼书中的思想。

且随机缘读《内经》

建立中医知识体系的过程中离不开中医经典的阅读，而将经典融入体系是需要机缘的。以《黄帝内经》为例，量子力学奠基人之一波尔（Niels Bohr）曾说："如果你第一次学量子力学认为自己懂了,那说明你还没懂。"类似地,如果有人第一次读《黄帝内经》就认为自己懂了,那说明他还没懂。作为古代三大奇书之一,《黄帝内经》中蕴含的思想实在是太丰富了,在不同阶段对于个人的知识体系会起到不同的指引与启示作用。

读《黄帝内经》先要过医古文关。过这关时,我并没有遇到太大困难,回头来看要特别感谢母校市西中学高中的班主任徐人浩老师。他曾在大学教授古汉语,从外地调回上海后成为高中语文老师,在文言文教学领域尤其用心。因为他为我打下了很好的基础,所以即使时隔多年需要准备第二次高考时,我也几乎不怎么需要复习文言文。

当然,医古文毕竟和一般的文体不同。对于最为古奥的《黄帝内经》,我倾向于将其看作黄老道家的作品,故认为只要熟读了《道德经》,就都能比较流畅地阅读。而对于其他读来不那么顺畅的部分,专攻内经的博士 T 师兄有个好方法:先通读作为黄老思想集大成者的《淮南子》。多项研究表明其成书略早于《黄帝内经》的部分篇章,涉及当时的道论、宇宙观、生命观、政治、社会和军事等多个领域,并蕴含了丰富的医学思想,有大量有关阴阳五行和养生学的内容。因为其与《黄帝内经》类似,也是一部成于众手、融合先秦诸子思想的作品,读来又不枯燥,所以待通读完《淮南子》以后,就会有那个时期的语感,此时再读《黄帝内经》会顺畅得多,并且也容易理解《黄帝内经》各篇中五行五脏配属不尽相同的现象。

有了一些中医基础后,我打算较为深入地看一下《黄帝内经》的原文,就向教中药学的 Y 教授请教。他推荐我先读王琦教授主编的《素问今释》,并建议待多学一些课程后再看龙伯坚父子的《黄帝内经集解·灵枢》,这样比较符合我当时的学习程度。其实在

2010年刚入学时，我就听W教授介绍过《素问今释》，以及他与王琦教授在研究生阶段编写该书的往事，但当时要学的内容太多，就没有开始阅读此书。

听了Y教授的推荐后，我花了一些时间通读《素问今释》。因为王琦教授等编写此书时都处在研究生阶段前后，所以其使用的文字比较浅显，和教材相近但又不完全相同。这就让同处于学生阶段的我阅读起来比较容易，相对教材又颇有补充和启发。

2011年底开始，我有幸跟随中医英语专业的Y教授将《素问》翻译成英文。因为翻译中许多问题必须有定论、说清楚，所以不能借半文不白的译文"混"过去。在翻译组会上，大家根据不同的注释版本和译本，结合个人学习、运用中医的体会，在进行逐篇激烈的争论后，再与团队之前确定的中医英语术语统一，最终确定英文译本。这样做其实是激发了大家的集体学习过程，虽然难度很大，很耗费时间，但是大家都很有收获。不过，这样高标准翻译的进度太慢了，于是从大约第四十篇开始，就主要由Y教授自己来翻译了，遇到疑问再约我们个别讨论，比如Y教授就和我讨论了好几次关于五运六气部分的翻译。

如此又过了2年多，《黄帝内经素问新译》终于在2015年1月得以出版。这段时期大致对应于我从实习到规培第一年，各类考试很多，还要做毕业论文，但间断进行的对于《黄帝内经》的思考还是令我很受启发，帮助我不断丰富着知识体系。

不过2015年版本还存在许多问题，所以从我规培快要结束的时候开始，Y教授又组织我们校对、更正了一遍。遗憾的是，后来因为Y教授肝病复发而过世，未能完成此译著的更新，关于《灵枢》的英文版翻译也未能继续进行。不管怎么说，Y教授带领我们用英语翻译《素问》，还是把中医走向国际的事业又推进了一步。我相信未来随着越来越多的中医人走出国门，会有更多更好的外语版本的《黄帝内经》和其他译著。

随着临床经验的积累，我感到此前读的《素问今释》又开始变得陌生起来，关于怎样将其与临床尤其是专科相结合常常感到迷茫，就在抄方的间隙请教了 S 教授。他指点我先读《内经知要》及有关的注解，建立起经典用诸临床的思维框架，随后读他写的《〈黄帝内经〉学术思想阐释》。该书分为上下两册，上册可以看作中医基础理论、内经选读等课程教材的临床升级版，而下册则更紧贴临床实际，提出了许多独特的观点，包括现代中医看待免疫病的体系、辨病论治及对中药药理研究成果的取用等。

在 S 教授的指导下，我先是读了秦伯未先生的《内经知要浅解》，随后又读了近年来《内经知要》的一些注本，最后陆续用了一年时间"啃"完了《〈黄帝内经〉学术思想阐释》。S 教授在此书上倾注了许多心血，自诩此书是当代《类经》。此书结合了他的很多临床思维模式和经验，很值得一读，尤其值得风湿免疫专业的医师借鉴以完善知识体系。

用费曼学习法梳理体系

物理学界有一位传奇人物——理查德·菲利普斯·费曼（Richard Phillips Feynman）。他不仅被认为是最后一个理论与实验都达到一流水准的物理学家、爱因斯坦以后最聪明的物理学家等，在生活中还有许多兴趣爱好，比如打鼓之类（详见《别闹了，费曼先生》）。我觉得他能如此精力充沛，在学术和生活之间游刃有余,和他的学习方法是分不开的。

当知识积累到一定程度以后,学习者都会进入"好像都明白了但好像都还不明白总之就是不明白"的状态,这时可以采用费曼学习法,其核心就是用输出"倒逼"输入,用教别人的方式,来帮助自己掌握知识、梳理知识体系。

在实习和规培阶段,我发现运用费曼学习法最好的场景是编写书籍,因为在编书时需要时时"教"读者知识,反过来就会促进作者自身的思考和进步。

2014年7月进入龙华医院的基地参加规培,我在准备执业医师考试和各科轮转期间,感到迫切需要一本方便的方剂学手册,便于时常翻阅、温故知新。然而当时市售的书籍或是太简略,或是太详细,特别是都未能用图像的方法,在最短时间内示意方、证、临床表现和中药之间的关系。于是我便起了自己编一本小册子的念头。

但稍做了几张图以后,我感觉工作量很大,为了做到精益求精,无论是核对资料还是安排图示都需要很多时间,进度依然很慢。

非常幸运的是,有位在银行工作的朋友 X 女士得知我编书时的困难后,指出这属于流程优化问题。她建议我不要按照《方剂学》目录的顺序,而是按照药味的数量从少到多排序,逐步完成相关彩图的制作,这样不仅可以由简到繁、通过逐步增加工作难度而克服畏难情绪,而且数量相同的方剂可以复用图示结构,从而加快制作。正所谓"一语点醒梦中人",采用了她建议的方法后,我制作方剂图的速度大大加快,原来一周的业余时间可能也完不成 2 张,后来 1 天就可以制作 4～5 张。

到 2015 年 7、8 月间,我终于基本完成了 214 张常用方剂图示的制作,向 Y 教授请教后加入了各方剂的出处和年代。此后我联系了复旦大学出版社的 X 编辑,在 X 编辑的建议下,进一步加入了与方剂图示对应的歌诀,又经过多次修改确定了终稿。在导师 F 教授和 W 教授等的全力支持下,我在规培出站当年的 2016 年 9 月出版了我主编的第一本纸质书——《方剂学彩图速记手册》,也借此完成了对于《方剂学》知识体系的详细梳理。

决定性的书籍和观念

在构建知识体系的最后,需要沉淀出自己认同其核心思想的决定性的书籍。转型中医以来,我读了许多医学类书籍,其中有些之所以至今仍时常会在思索中想起,比如前文提到的任之堂系列和下文还要反复提到的《思考中医》,是因为我认同书中的核心观念。对我而言,这些就是我的知识体系中具有决定性影响的书籍了,其中大多数从实习与规培阶段就开始读了。不过这个沉淀过程一般比较慢,因为存在三个难点:

第一难的莫过于在对的时间遇到对的书。比如如果没有急诊的经历,那么一位读者是无法理解陈腾飞先生为何会在《学医七年》中盛赞《蒲辅周医案》的,也是很难体会到宗建平先生所写《急诊医师值班日志》背后的种种艰辛的。刚进入上中医时,我幸运地在上海图书馆读到了邢斌老师的《方剂学新思维》,让我在整个求学阶段都对方剂学的理论体系抱有敬畏但不盲从之心,最终启发了我编写前述的《方剂学彩图速记手册》。但 2013 年我在实习期间读同样由邢斌老师所写的《半日临证半日读书》时,却没有什么感觉,直到做了一段时间临床医师后,再翻看此书才心有戚戚焉。

在实习阶段,我喜欢读《圆运动的古中医学》和黄煌先生的经方系列书籍,并惊艳于吴雄志先生在《吴述伤寒杂病论研究》中所总结的图表。进入研究生阶段以后,在抄方和学习过程中,我最常翻阅工作室导师吴银根教授的《吴银根学术经验撷英》《中医膏方治疗学》和《吴银根肺系疾病中医诊疗思路与经验》。在风湿科以腹针为主开展门诊治疗后,我时常翻阅薄智云先生的《腹针疗法》和温木生先生的《腹针疗法治百病》,同时看《五行针灸指南》和《五行针灸简明手册》,因为后两本书的作者诺娜·弗兰格林(Nora Franglen)女士非常喜爱莎士比亚的作品,所以她的书读来颇有文学韵味,在医学以外也令人很受启发。这些都是我在对的时间读到的对的书。

第二难的是借助好的工具快速找到对的书。在大学读书的时候,我以读图书馆的纸质书为主,要迅速找到一本愿意反复读的书并不容易。至今印象最深的是《火柴棒医生手记》,我看到周尔晋先生在特殊的年代里,仅凭火柴棒按压耳穴配合小儿推拿就治好了许多疑难杂症,这对我治疗小儿和开展门诊治疗都很有启发。周尔晋先生在该书中还提出了 X 形平衡法,这与我后来读到的杨真海先生的《黄帝内针》的思想也颇为相似,只是后者的体系更加系统化。

进入规培阶段以后的很长一段时间里,我都是通过超星移动图书馆 App(以下简称超星 App)查找书籍。因为经常能快速找到过往年代的好书,所以时有惊喜。比如 2017 年来自云南的国医大师张震教授来龙华医院建传承工作室,我很快通过超星 App 查找到了张老早年的著作,了解了其学术贡献。2019 年跟师 S 教授抄方时,听他提起早年曾与西医界的权威共同编书,但因为年代久远,书名他一时记得不太确切了,我也是通过超星 App 找到了 1981 年版的《临床胃肠病学》,并阅读了其中 S 教授所编的中医部分。可惜的是,后来超星 App 中的权限限制多了很多,好在还可以通过微信读书、当当云阅读和学习通等 App 查到一些比较有用的专业书籍。

第三难的是沉淀出中医学以外的核心书籍。陆游在《示子遹》有言:"汝果欲学诗,工夫在诗外"。学中医也是如此,要形成知识体系需要积累中医学以外的核心书籍。比如对我而言,古今中外各有一本书的核心思想对我影响很大。

古书是老子的《道德经》。个人认为,如果将书中的"道"替换为"气","德"替换为"血",就可以用来从新的角度解释许多中医现象。

今书是赵周先生的《这样读书就够了》,采用其中系统的方法论以后,思考中医经典名言和读医案时都会有新的体会,在此前的"审问"部分已有提及。

中国作家的书是黄仁宇先生的《中国大历史》。黄先生早年读的是机电专业,属于理工男,当过兵打过仗,去美国后又阴差阳错地转型研究历史。他用跨界的归纳法重新组织了中国史料,形成了简明而前后连贯的中国历史纲领,并在宏观层次上与欧美史进行了比较。如果将该方法用于考察中国医学史,从经济体制与技术进步角度思考中西医不同的发展道路、未来的方向,应该会很有启发。

对应于黄仁宇先生的大历史观(Macro History),外国作家的书自然是大卫 • 克里斯蒂安(David Christian)的《大历史:虚无与万物之间》，其大历史观（Big History）中关于文明门槛和集体学习的观点都令我很感兴趣。中医的早熟，或许是因为我们的祖先在某个文明门槛选择了特别的道路。而西医是在文明沿着科技树方向达到新的门槛后才发展起来的。目前中医为何没能像西医那样日新月异？有可能就是因为整个人类文明尚未达到新的门槛。克里斯蒂安还提出："人类能够集体学习，让知识在一代人内部或是几代人之间都可以传播和共享。"从大历史的观点来说，人类的每一次技术进步都促进了集体学习的加速。今天随着技术的发展，各类中医知识通过互联网、软件和媒体等以杠杆化的方式加速传播和共享，有理由相信中医人的集体学习、对于知识体系的构建都会达到一个新的高度。

四、学习金字塔与中医知识体系的建立

相对于理科，医科有很多特别的教学方法。一路走来我印象比较深刻的就有 PBL（问题导向的学习）、Minicex（迷你临床演练评量）、标准化病人＋OSCE（客观结构化临床考试）等，其他听说过的还有 TBL（小组合作学习）、翻转课堂、情景模拟法、复盘教学法等。进入临床以后，医学生需要参加的考试或考试型的比赛特别多，大家常笑称"等考完这一场，应该……可以准备下一场了吧"，恍惚间有种"以考试（比赛）代教学"的感觉。而在病房工作中，我们常常需要准备 PPT 来讨论各类疑难、危重病例，还有外出参加病例汇报讲座或比赛的要求。近年来，随着沉浸式剧本杀的流行，五花八门的"病例杀"式讨论对设计者和参与者的要求就更高了。

很长一段时间里，我都很疑惑医学教育为何需要这么多教学方法和考试，直到龙华医院教学实训中心的布置墙给出了解答。我当时正准备参加一场规培阶段的考试，在墙上看到了视听教育家埃德加·戴尔(Edgar Dale)提出的"学习金字塔"：属于被动学习的课堂讲授在 2 周后只能保留学习内容的 5％，阅读可以保留10％，用视听方式辅助时可以达到 20％，用演示法时可以达到30％；而属于主动学习的讨论式学习可以让人记住 50％，"做中学"或"实际演练"型的学习可以保留 75％；最后，"教别人"或"马上应用"型的学习可以让人记住 90％的学习内容。我这才明白采用不同的学习方式，学习者在一段时间后还能记住内容（平均学习保持率）的多少有很大的区别。

之前学习物理时，由于大多数知识点是可以用基于线性因果的逻辑链来理解并推导的，且靠实验就能达到熟记 75％的目的，因此没有必要采用多种类型的教学方法。而因为人体的复杂性，知识点之间的关系大多数是非线性的，需要从概率分布的角度去理解，特别是基于整体与关联思维的中医知识很多时候更难以用逻辑链去思考，又因为学习者有阅读型(Reader)和视听型(Listener)的区别，且不同教学模式的组织成本往往与学习的留存率呈反比，所以为了能让学习者在面对真实的病人以前尽可能多地真正掌握知识，医科教育客观上就形成了多种教学模式百花齐放的局面。尤其是在病房里，大量采用了"教别人"或"马上应用"型的学习。

回头来看，如果我能早一点意识到"学习金字塔"，那么就可能会更积极地参与和采用主动式的学习方法（例如上文提到的费曼学习法），提升中医学知识的积累效率，并加快知识体系的建立。

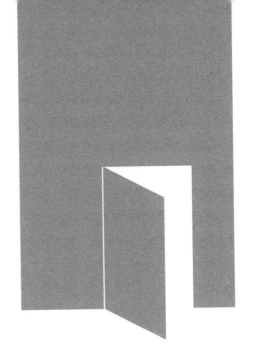

第三篇
从医修行且观复

"致虚极,守静笃,万物并作,吾以观其复。夫物芸芸,各复归其根。"

——老子《道德经·第十六章》

2015 年 4 月规培期间，我有机会回到北京，参观马未都先生创办的观复博物馆，惊艳于馆内所呈现的流年似水与汉印高悬，从此在心中留下了大大的"复"字。2016 年正式从医以来，我一边摸索着如何治病、如何理解中医和如何做科研，一边难免会对比当下与转型前的过往，去琢磨如何行走职场、如何规划人生等。人生无处不修行，回首此间种种，我想说物理和 IT 也好，中医也罢，都是生命交响中的伴奏和祝福，最终"万物并作，吾以观其复。"

第九章
如何治病

虽然在学校上了许多课,在实习和规培阶段接触了许多病例,但是真的到了需要独当一面之时,我还是会觉得很不一样,这些不一样的地方可以归纳为始于定解、妙于思维、止于界限等三方面。

一、始于定解

夜深人静之时,我常会反思繁忙的临床工作中的不足之处,感叹如果人们都按照书本生病,那么治病就会变得无比简单,只要照着书本上写的开医嘱即可。然而正所谓"人之所病,病疾多,而医之所病,病道少"(《史记·扁鹊仓公列传》),真实的人往往受到多种疾病的困扰。如何在一定时间内解决当前的主要矛盾? 如何设计药物组合? 如何避免影响患者基础疾病的治疗? 诸如此类。这些问题的处理不仅反映了医者的业务水平,而且反映了其治病时的基本态度与主导思想。

对于做临床的中医师来说,朋友是永远不嫌多的,尤其是愿意指出你在治病中的问题、与你探讨上述基本态度、主导思想的医师朋友。在风湿科，我有幸遇到了这样的朋友 W 主任。因为大家都承担一部分普通门诊，所以可以看到彼此的一部分处方。有一次，W 主任和我聊起一位患者的病情，诚恳地向我指出：一开始确立的治则治法是很好的，但是后来可能为了满足患者的诉求，药越加越多，治疗思路越来越杂乱，偏离了最初的方案，导致疗效欠佳，几乎"回到原点"。

W 主任提醒我说，治病时要注意两点：第一，用中药的目的是要调动患者自己的力量，要相信人体本身的能力，而不仅是"对症"加药；第二，要有预判的自信：对于慢性病而言，只要大方向是正确的，就要坚持，即使短期内看不到效果也不要急，给自己和患者多一些时间。这两点让我感触很大，后来临床过程中就比较注意，也通过与患者的充分沟通，鼓励其坚持用药，慢慢改善。

W 主任相信患者的自愈能力，并鼓励患者在服药的过程中"和时间做朋友"，这是他治病时思考的出发点，我将其称为"定解"。"定解"的说法源自刘力红先生的《思考中医》。刚进入上中医学习的时候，有幸得到 H 老师的指点，我粗读了此书。2013 年堂兄去台湾，从当地友人那里听到关于该书的高度评价，特意为我购回了此书的繁体版。后来需要查考资料时，我多次重温此书，例如在学习《金匮要略》课程时，注意到关于剂量的讨论，我就通过翻看《思考中医》温习了有关术数的观念，并基于术数思想，撰文探讨了《金匮要略》包含甘草的小方中甘草用量与术数的关系。一度我甚至想用术数法研究所有伤寒与金匮方的药物用量。但后来通过查阅有关文献，特别是读了邢斌老师的《伤寒论求真》后，我发现《伤寒论》康平本与通行的宋本相比，药物用量多有出入,从而意识到中医研究不能脱离版本差异,就停止了有关研究。

积累了一些临床经验后,我再读该书又有新的体会。虽然对于《思考中医》的争议与赞誉一样多,但我认为此书绝对是值得一读再读、反复思辨的。后来者可以质疑前人给出的答案,但不应质疑这种思辨精神本身。在我看来,《思考中医》最重要的贡献是系统梳理了刘力红先生有关中医的"定解":"中医的一些基本概念思考清楚了,……不管你搞不搞中医,也不管外界对中医是个什么看法,都无法动摇你对中医的认识。这样一个认识在佛门中又叫定解,定解不容易获得,而一旦获得就牢不可破。在现代化的时代里要想学好中医,这个定解非建立不可。"

中医治病真的有效吗?为什么有效?当我们面对具体而复杂的临床问题时,怎样真正运用中医思维?这些都是值得每位中医学习者、应用者思考的重要问题,是中医师安身立命的根本、在治病以前就必须建立的"定解"。遗憾的是,就像罗马俱乐部的宣言中所说的那样,越是重大的问题,关心的人反而越少,更何况世间纷纷扰扰,真正沉下心来思考者少之又少。幸运的是,对于这些问题,刘力红先生都给出了自己通过思辨得出的答案。

二、妙于思维

从定解出发,医者在治病时会采用具体的方法,而在运用这些方法的过程中,也体现着因果思维、多元模型思维、标签思维和复盘与迭代思维的奥妙。

因 果 思 维

因果思维虽然很直观,正如人们普通能够接受"种瓜得瓜,种豆得豆"的因果律一样,但是要应用好并不容易,因为在现实中大家先见到的往往是"果",需要反推其"因"。在商业界,运用因果思维的典型工具有麦肯锡咨询公司的"现象—问题—原因—对策"分析框架、日本管理大师石川馨先生发明的鱼骨图以及连问五个为什么的丰田提问法等。而在治病过程中,要运用好因果思维,不仅需要仔细询问病因,而且非常依赖经验识别。

(1)问而知之谓之工

《难经·六十一难》曰:"望而知之谓之神,闻而知之谓之圣,问而知之谓之工,切脉而知之谓之巧。"其中"问而知之谓之工",最难问到的是病因,因为很多患者都想不起来为何会生病,或者没有意识到某个因素可能致病。但是病因又非常重要,不然陈修园也不会专门在"十问歌"中加入"九问旧病十问因"。

2017年,在美国留学的表弟回沪过暑假,顺便做了简单的体检,结果发现了高尿酸血症和蛋白尿,好在肌酐和尿素氮还属于正常范围。调整饮食后复查,他的尿酸降至正常水平,但仍有蛋白尿。我为他安排了泌尿系统超声检查,结果是正常的。他的家人很紧张,问我要不要先吃中药调理起来? 我想了下,决定和表弟详细聊聊他在美国的生活方式,尤其是饮食习惯。

表弟说因为住在乡村,所以基本都是自己买菜做了吃。即使到外面吃,也会吃得比较清淡,很少吃牛排、炸鸡等高蛋白食物。

只是他这次回沪后放开吃了一段时间,没想到尿酸高了。我又和他聊了兴趣爱好,得知他在大学里参加了一个健身俱乐部。我进一步了解到,他为了增长肌肉,一直在服用蛋白补充剂,回沪后也未间断。我赶紧让他停止服用,一周后他再测小便常规时,发现蛋白尿转阴了。有了这段经历后,我在治病时就更加重视询问病因了。

(2)经验识别法

我在门诊上经常遇到长期受腰痛困扰、经检查排除了腰椎病变等器质性病变的青年女性,且其腰痛表现无法用所谓"腰肌劳损"来解释。这时运用因果思维,需要结合其年龄、性别、工作特点等运用经验识别法,优先考虑骶髂关节紊乱,尤其当患者有长途出差和久坐劳累等诱因时。

我遇到过一位在日企工作的女士,她每2~3周都要坐飞机往返东京与国内城市,在国内她经常坐长途高铁,到了东京还要长时间坐车。由于反复腰痛、下肢痛甚至影响行走,她在中日两地作过各种检查,除了发现腰椎退变外没有其他异常。因为用中医推拿或日式指压方法缓解程度有限,使用传统针法时"酸、胀、麻"的感觉又太过强烈,所以她一度认为自己"没救了"。后来到我门诊上,我通过经验识别法,使用腹针按照骶髂关节紊乱进行治疗,其腰痛明显缓解,之后她每次回沪一定要来"报到"。

还有一位女士因为经常坐长途汽车跟进项目,也饱受间歇性腰痛、活动受限等困扰,影像学检查没有发现问题,最后我也是采用经验识别法诊断其为骶髂关节紊乱,通过腹针明显减轻了其症状,并减少了发作频率。

多元模型思维

相对于因果思维，模型思维要复杂一些，能让思考更有效。陈晋先生在《哈佛大学经济课》中回忆说，经典教材《经济学原理》的作者曼昆（N. Gregory Mankiw）先生无法掩饰他对模型的热爱，他就像儿童喜欢玩具那样喜欢模型。巴菲特的合伙人芒格（Charlie Munger）在《穷查理宝典》中更是提倡多元思维模型，强调将多种熟悉的模型（即俗称的"套路"）跨界迁移到新领域、在融会贯通中解决新问题的重要性。从某种意义上说，治病的过程就是在选用各种模型。我在治病过程中，也经常有机会应用和学习到多种模型。

（1）足三里穴调节血压模型

在肾病科治疗肾性高血压患者时，常用足三里穴来起到降压的目的。通过查阅文献，我了解到足三里穴对于血压有双向调节的作用，2019年我做内科住院总医师时，就用到了其升压作用。

当时某外科来电说，有护士因为受到精神刺激突发癫痫，而上级医生们都去手术室了，病房人手不足，只能请求住院总医师支援。我安排好门诊的患者后赶到该科室，看到发病的护士原来是以前认识的S女士。之前我们在内科一起工作时，我就曾听说过她的病情，应该是长期控制得很稳定的，否则也不会安排一起翻夜班，没想到她换到外科工作后发病了。

当时护士长已经安排了吸氧和协助按压她手脚的人手。虽然S女士双手抽搐、大口喘气、言语模糊，但好在没有舌咬的情况，且能点头和摇头示意。因为她已经认不出人来，且有攻击动作，所以我就绕到她的座位背后,按照"痛证"的中医治疗模型,用力指压百会穴,并请陪同的护士同时按压太冲穴。

待 S 女士稍微清醒些、能配合躺到治疗床上后,我们赶紧测了血压,只有 80/40 mmHg。当时她双手抖动幅度虽然小了,但仍大口喘气,脸色惨白,我把脉发现双关部明显无力,双寸部如豆般摇摆不定,就针刺了双侧足三里穴以稳定中气并调节血压。经过了五分钟,S 女士逐渐平静了下来,脸上也有了血色,再次测血压已恢复到 110/70 mm Hg,脉象也变得平和,且能认出我来。陪同的护士们都松了一口气,纷纷感叹针灸方法的神奇。

（2）直角坐标系模型

2018 年主治聘在风湿科后,我承担起了风湿治疗门诊的工作,得以像古代中医一样,在出道时以针灸为主,后面逐步转向汤药。因为科里有两个治疗诊室,所以我提出为了避免业务重叠,最好采用和另一个诊室不同的治疗方法。这一想法得到了科主任 M 老师的支持。结合在规培阶段建立腹部"直角坐标系"诊察模型的经验,我提出以腹针为风湿免疫病的主要外治方法,因为其具有三项明显优势：

首先,疼痛小,易为患者接受

风湿免疫病患者很多本来就以关节疼痛为主诉,有的还有关节变形、肌肉萎缩,骨性标志物缺失明显,按传统针灸局部取穴容易产生疼痛。这就使部分本来很适合采用针刺治疗的患者产生畏惧情绪,有患者曾谓"打针是痛上加痛,不如不打针","本来小痛,针刺完变大痛"。而腹针因为疼痛小,部分患者甚至完全感觉不到疼痛,谓"睡在那里,一觉起来,完全不痛了",因而容易让患者接受。

其次，穿脱少，不易引发感冒从而造成病情反复

现实中，大量风湿免疫病患者使用免疫抑制剂长期控制病情，抵抗力较低，容易感冒，而一旦感冒又会引发新一轮的免疫紊乱，加重病情。采用传统针刺法时，患者需要频繁穿脱衣物，即使室内有空调，稍有不慎还是会感冒，这也使得许多有适应症的患者对针刺"望而却步"。

而采用腹针疗法时，患者只需整理好外套即可治疗，在等待时也不用暴露腹部，所以不容易发生感冒，也不必担心造成病情反复，这就使患者在寒冷的冬季也可以来坚持治疗，保持病情的稳定。

最后，体位佳，适应人群广

风湿免疫病多为慢性，年老体弱患者居多，难以维持坐位；还有相当一部分患者因服用激素而发生库欣综合征，其向心性肥胖造成趴卧、侧卧都很困难，导致大椎穴、背腧穴、夹脊穴、委中穴等部分常用穴位难以取用。

而腹针采用仰卧位，这是人体最舒服的体位，不管何种体型、多么体弱的患者，一般都能接受此治疗方式。腹针还特别适合在病房开展，无需患者挪动位置，直接在床位上即可施治，还可以盖被子保暖，有条件的病床还可以摇起，让有心肺功能障碍的患者采用半卧位。

在科室各位同事的推荐和支持下，使用腹针外治风湿免疫病逐步得到了患者的认可。但随着病人数量增加，按照传统方法、边测量边打腹针越来越难以适应门诊业务量的需求。当时有两个解决方案：一是制造一种特殊的量具，二是为每位患者画一块可以反复使用的腹部治疗巾，各有利弊。在向护士长 X 老师请教后，我最终选择了后者,并在腹部治疗巾上建立了直角坐标系。使用腹部治疗巾后,医师用来为每位患者做准备的时间大为缩短,以腹针为主的特色风湿科治疗门诊也得以服务更多的患者(图9-1)。

(3)中医民间高手的治疗模型

人们常说,中医高手在民间。很多时候,正是因为民间中医与学院派中医选择的治疗模型差异很大,所以后续效果截然不同。转型以来,我常会接触民间的中医,有一些确

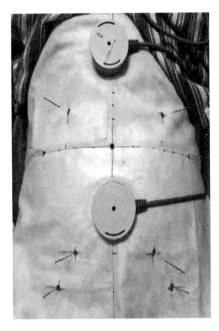

图9-1　腹部治疗巾配合下的腹针与温热电灸实践

有真才实学。比如2019年我曾治疗过一位护士L女士,她在附近一家三甲医院的ICU工作,患有早期的混合性结缔组织病,但是我院和另几家三甲医院的风湿科均没有确诊。

L女士除了在我门诊上做治疗外,还在专家门诊上服用汤药,前后治疗了半年余,无论是症状还是指标改善都不理想。经人介绍,她准备去一家私人诊所用纯中医方法治疗,去之前还专门来征询我的意见。我当时的看法是,只要那家诊所有规范的经营执照,医师也是正规的医师,采用的方法相对比较温和,那么还是值得一试的。

因为我们两家单位离得近,有时L女士会来我诊室坐坐,告诉

我她的近况。在私人诊所，中药处方据说是保密的。她只知道医师用了许多推拿的手法，每次都在推拿之后再行针灸，且以灸法为主。1个月后，她很高兴地前来，带来了另一家三甲医院的检验报告，从化验结果看，已明显好转，特别是其轻度贫血已得到纠正，而她的自觉症状也减轻了。私人诊所的医师告诉她此后无需再服用中药，只要继续服用纷乐（一种免疫抑制剂），并在正规医疗机构维持针灸外治即可。

不过有些民间中医的治疗方法就很有争议了。2016年风湿科病房就抢救过一名类风湿性关节炎患者，她是在外地某诊所大量放血后发生晕厥的。虽然抢救成功了，但这位患者后来每况愈下，仅过了1年左右就过世了。2016年以前，这位患者已在我科比较稳定地治疗了4年多，本科室的许多医师都对她很熟悉。期间她虽然病情时有反复，但绝对不至于要到抢救的地步。这位患者自己很懊悔，说不该去民间中医处放血。类似事件时有发生，让人感叹只使用一种治疗模型很容易出事。

当然，多数民间中医会综合采用多种治疗模型，并倾向于用经典而安全的成方，因为这些都是中医历史上积累下来的成熟模型。但是他们选用模型的思路与科班出身者不同，有时会起到意想不到的疗效。如M老师说起过治疗一例儿童红斑狼疮患者的经历。患儿父母遍访多家医院，从患儿小学起治疗到初中，因疗效有限已经几乎要放弃，甚至准备生二胎了，经人介绍来向爱好中医的"江湖郎中"M老师求助。M老师明确表示：自己对于儿童红斑狼疮没有经验，只能尝试帮助改善孩子对于生活质量的感受。因为女孩月经已来潮，所以他就从调女孩的月经入手，用了常规剂量的四物汤。没想到孩子服药两周后常规复查时，发现抗ds-DNA水平等指标居然开始好转。孩子和父母都很高兴,想不到廉价的四物汤可以起到如此好的效果,又重拾了治疗疾病的勇气与信心。

（4）寒热无关的治疗模型

寒与热是中医八纲辨证中的基本两纲,第四章"真传一句话"一节已提到,从入学开始,中医人就不断练习着辨寒热,然而临床并不易分清寒热。元代名医王好古写有《此事难知》,清代名医陈修园则写过《医学实在易》。那么中医到底是"难知"还是"实在易"？我曾就此请教过 T 师兄,他答曰"说不清楚",并以寒热为例,用很多实际情况说明"在临床上有时寒热是分不清的,只要用药有效果就行了"。

有了一些临床体会后,我认为治病过程中有时不一定要分清寒热,即使寒热相反也没有关系,因为许多治疗模型是与寒热无关的。2021 年,北京老友 W 同学来看皮肤方面的问题。他因为工作忙,嫌服汤药不便,要求用中成药。我当时按照常规的中医寒热模型,辨为四妙丸(组成：黄柏、苍术、牛膝、薏苡仁)证,但药房无此成药,就建议他去皮肤科看看有没有别的办法。结果皮肤科医师给他开了寒热完全相反的五苓胶囊(组成：泽泻、茯苓、猪苓、肉桂、炒白术),没想到 W 同学用药一周后来电反馈说效果很好。

我非常困惑,就向在皮肤科工作的 S 同学请教。她听了我的描述,说 W 同学当时的情况确实更适合用四妙丸。但因为药房已经很长时间没有此成药,所以她们科根据经验就用五苓胶囊代替,临床上发现即使对于属湿热证者也很有效果,可能是因为"湿"在这类疾病的发病中占主导地位。当然,如果局部实在有热的,她们会配合再外用些三黄洗剂、复方黄柏液之类清热燥湿的药品加强疗效。了解到她们的经验后,我进一步查了五苓散相关的文献,发现有将其用于治疗痛风急性期的报道，颠覆了我此前对于五苓散证的认识，以及痛风急性期只能清热止痛的观念。由此看来，必须承认临床是复杂的，不可拘泥于寒热这一种模型。相信"法外有法"、多积累不同的治疗模型，有助于医师突破思维局限，更加实事求是地治病。

（5）辨病论治模型

在学校里读书和考试的时候，我们学习辨证论治，对于患者的一系列症状和体征，进行通盘考虑，详细分析其病因、病位、病性和邪正关系等，辨别为某个或某几个中医证型模型，最后出具一张处方。但是到了正式治病以后，会发现很多时候临床上并没有采用辨证论治模型，一方面时间上不允许，比如一上午门诊要看50多位患者，医师只能"相对斯须，便处汤药"；另一方面既然运用其他模型可以更快地开具处方，效果也不错，那医师为什么不用呢？这些快的模型大多属于辨病论治，特别是"现代病-主要矛盾"处方法。

第一次有冲击性感受的是在急诊，我跟着S主任查房，处理各类发热患者。只要是社区获得性肺炎，在应用抗生素和稀释痰液的西药的基础上，她基本就用麻杏石甘汤合千金苇茎汤，不作任何加减，热不退不更方，临床效果不错。

后来在肾病科做住院医师，我感到治疗团队最核心的思考模式是"肾穿刺病理诊断决定肾功能损害程度和预后"。如果出于各种原因，暂时没有取得患者病理诊断的，肾病科医师也会根据经验，先偏向某个病理诊断来用药，这样降肌酐更容易起效；如果用药一段时间后肌酐不能下降，则会偏向另一个病理诊断来用药，直至患者肌酐水平下降，肾功能有所恢复，即以最可能的病理诊断为主要调治方向。这种方法帮助许多肾病患者保持了肾功能长期稳定,或延长了其进入透析的时间。

治病过程中普遍采用"现代病－主要矛盾"辨病论治模型的现实根源在于：医者需要满足现代患者的两大核心诉求。首先患者想明确自己到底是什么病。毕竟同样是咳嗽,慢性支气管炎与肺恶性肿瘤的预后完全不同。其次患者要求"眼见为实"：能看到体温下降(请注意古人没有体温计)、实验室异常指标能够趋向甚至恢复正常。在现代,一名中医师也好,一个中医学科也罢,只要既能做出让患者"听得懂"的诊断,又能改善让患者"看得懂"的指标,那么不管其采用怎样的治疗模型,就都会赢得患者与同行的认可,否则就很难走得远。

标　签　思　维

王达先生在其《认知破局》中写道："别人眼中的你不是人而是人设……这个人设,其实就是人们对我们贴上的'标签'的集合"。虽然这种提法有些冷酷,但是因为大脑喜爱"强行逻辑自洽",所以没能整合进模型的多个因果关系就可能被组合为一组标签。在看病的过程中,患者其实是用标签思维筛选出可能擅长为自己治疗的医生；而在治病的过程中,医生难免也会自觉或不自觉地用标签思维区分不同治疗难度的患者,从而简化治疗过程、提高效率。

2019 年冬,我跟师 S 教授抄方时看到他使用标签思维开膏方。S 教授准备了一叠 A4 纸,上面打印了常用膏方基本方、针对常见症状、体征和基础疾病的加减药队,以及备选用的胶类和糖类。临证时在四诊合参的基础上,他只要先从基本方中勾出药物,随后在每组加减药队中选出几味药物,最后勾选胶类和糖类,即可出具处方。

这套膏方体系可以看作是与临床表现相对应的中药标签的组合，集成了 S 教授多年经验。因为不用逐味药手写，所以他开具膏方时非常快速，一般花费时间不超过 10 分钟。而从患者的反馈来看效果也不错，许多人都是多年坚持在 S 教授处服用膏方。而且这种标签化开膏方的方式也便于录入、核对及事后的整理、分析。看了 S 教授的膏方处置方法后，我对于在门诊上用协定方进行加减有了新的思路，并不断根据临床所遇到的新情况进行调整。当然，摸索出一套体系并不容易，但正所谓"世上无难事，只怕有心人"，相信只要向着这个方向努力，总能找到一条符合临床实际的标签化开方和调整药物的思路。

复盘与迭代思维

在北大读物理时，令我感到最消耗时间的莫过于上实验课并在课后写实验报告了。不管是否在规定时间内做出实验结果，都需要在实验报告中讨论为什么（没）能做出结果？该结果是否够好？有什么办法能做得更好？或者做得更快？回头来看，原来老师们用了大量时间来训练我们"复盘"，引导我们不满足于低水平地重复成熟的实验，而是从自己过往的经验和教训中学习、提高。

参加工作以后，在 IT 界大家常谈的一个词是"迭代"，即根据用户的反馈来不断改进。尤其是当小米和腾讯逐步建立起各自的生态圈后，"小步快跑、试错迭代"几乎已经成为互联网公司发展的事实标准。

开始治病以后，我感到每个有价值的病例都需要像写物理实验报告一样复盘,而慢性病患者会在复诊时带来反馈,就给了医生迭代、改进的机会。从 2018 年全面开展腹针外治以后,我结合脉诊,对于治病中的复盘和迭代有了更多体会。

刚开始做门诊时病人比较少,我有充足的时间为患者诊脉并进行交流。通过细致地对比双手脉象的差异,结合问诊,我复盘了部分能够用手指感受到的特征性脉象,这些脉象可以与患者的临床表现建立明确的对应关系。通过前后对比,我用心体会了患者多次治疗过程中的脉象变化。另外因为腹针采用仰卧位,又只打在腹部,患者双手是自由的,所以留针期间我也能够反复诊脉,体会用针后患者的脉象变化,并和患者沟通,了解其有无不适、症状是否改善或变化,必要时加以调整甚至取针,从而完成了反复的迭代。在此期间,我还接触到所谓"飞龙脉法"、集中在寸口的"人迎气口脉法"等,并采纳了其中的一些方法。

正所谓"观千剑而后识器,操千曲而后晓声",有了复盘和迭代脉诊中的体会,后来即使病人多了、脉诊时间短了,我也能在很短的时间内指出患者是否月经将至、是头痛还是腰痛、疼痛部位偏在左侧还是右侧、膝关节是否有肿胀感、肠胃功能有什么不好等,并常常通过把脉"抓"出前一天熬夜的年轻患者。这使得我一方面容易取得患者信任,另一方面也可以更好地加强治病的效果。

三、止于界限

临床上难免会遇到无论基于怎样的定解、采取多么巧妙的思维方式、选用多么昂贵的药物,仍然回天乏力的病例。有一次跟针灸科的 D 主任去会诊一位肿瘤晚期的呃逆患者,用了多种手法缓解他的呃逆症状。回来的路上,D主任感叹了一句,这位患者是熟人所托,物质条件非常好,什么都有了,可就是没有健康,再好的医生在现阶段也束手无策。后来仅过了一天,就听说这位患者病逝了。D主任的话和患者本身的病程发展都让我触动很大,此后常常提醒自己要重视医者的界限。

生活方式与基因病

我常在门诊上见到痛风患者,一旦需要长期控制病情,就难免遇到对于服用西药和中药都有顾虑的病人,以及光靠饮食和运动无法控制尿酸水平的年轻患者。此时,作为医生的我就比较无奈,只能请他们定期复查。有时我也会建议他们作些针灸治疗,期待其代谢情况改善以后,能够将尿酸控制在较低的水平,最终减少痛风的反复发作。

其实像痛风这类与生活方式和基因都密切相关的疾病还有很多。我在治病时经常会遇到不得不长期熬夜的口腔溃疡患者、高血压患者、高脂血症一家子等。在劝慰这些患者时,我经常引用李博主任《胃靠养,肠靠清2》自序中的话:"我们每个人的一生,都在学习与世界和解,方得岁月静好。我们的身体也是如此,对某些慢性疾病,相较于跟它硬性对抗,执着追求痊愈,让身体被药石损耗,不如找到最佳的生活方式,与这些疾病'握手言和',和平共处。"

药物治疗的局限性

如果说上述生活方式病和基因相关疾病还能找到药物,那么还有很多疾病光靠内服药物治疗的效果有限，必要时还是需要器械辅助治疗。这些疾病更偏向人体的"硬件"问题：或是因为衰老，或是因为过度使用，比如阻塞型呼吸睡眠暂停低通气综合征（OSAHS）的患者，在睡眠过程中使用呼吸机后可以明显改善症状，许多人的高血压、高血糖等问题也会随之得到改善。虽然使用中药、针灸等方法也能改善OSAHS，但需要比较长的疗程。对于这类疾病，习惯用药物治疗的医者的局限性就比较大了。

三 劝 三 不

结合在病房和门诊跟随S教授学习以及自己在临床实践中的体会，我将有关治疗风湿免疫病的界限总结为"三劝三不"。

第一劝病人：不要太折腾

如今的时代很精彩，病人普遍追求生活质量。病情改善以后，有些患者就去拼命旅游、玩乐，或言"要把生病时错过的享受补回来"。殊不知，这样可能会加重免疫系统的紊乱，或者增加关节的负担。还有的患者本是一方强者，好转后忙于事业，或言"把耽搁下来的工作补回来"，导致疾病复发。

第二劝医生：不要太"积极"

因为见了太多风湿病患者在使用免疫抑制剂后反复感染，需要住院使用高级别抗生素，最后耐药乃至无药可用的例子，还有长期使用二联甚至三联的免疫抑制剂加上生物制剂，最后罹患癌症的患者，所以S教授常告诫我们，治疗上不要太"积极"，只要看到患者的病情有好转的趋势就可以了。很多时候医者太想帮助患者，结果适得其反。

第三劝家属：不要太着急

病人患上风湿免疫病等各种慢性病以后，自身很痛苦，而其至亲的家属往往更痛苦。很多时候病人通过认真服药，明明已经慢慢好转了，家属还嫌好转的速度太慢，会继续四处求医，或者寻找民间医师、尝试各类偏方。虽然不排除有人找到了更合适的方法，但是大多数四处求医、反复换方案的患者，预后都比较差。甚至发生过在接受民间医师放血治疗后，患者因休克送来病房抢救的案例（详见本章"中医民间高手的治疗模型"部分）。

明代张景岳在《景岳全书》中写道："医不贵于能愈病，而贵于能愈难病；病不贵于能延医，而贵于能延真医。"随着疾病谱的变化，以及各类指南、专家共识推出的标准化方案为大多数医生所掌握，上述名句或应进一步调整为："医不贵于能愈病，而贵于能愈难病与调慢病。"如果更多的风湿免疫病患者、医生和家属都能够认同"三劝三不"，认识到医者治病是有界限的，那么患者的长期预后可能会更好一些。

第十章
如何理解中医

　　某次饭局中，一位投资界的朋友问我：中医的底层逻辑到底是什么？虽然能理解其期望了解中医的迫切心情，但我表示这个问题没法回答，因为首先这涉及对于中医内涵与外延的界定；其次这是一个哲学问题，中医的哲学基础不仅深厚而庞杂，而且与注重逻辑的西方哲学存在很大的差异，这就决定了中医的一部分，甚至是很大一部分不是基于西方式线性逻辑链构建起来的，某些方面与现代复杂系统、神经网络等更相似些；最后对于像中医这样历久弥新的学科，很难用简单几句话概括其全貌。尽管概括不出底层逻辑，不过作为临床医生谈谈对于中医的理解还是可以的，以下我就从中医的根本追求、中医传承的途径和中医实践的特色等三方面展开这个话题。

一、第一性原理与中医的根本追求

　　第一性原理是指回归到事物本源去思考基础性的问题。如果抛开有关中医的众多具体知识，从本源上探讨中医的"初心"，也即根本追求，那么将有助于理解中医发展至今的合理性。这份"初心"或许先贤已借黄帝之口表明了："余子万民，养百姓，而收其租税。余哀其不给，而属有疾病。余欲……令可传于后世，必明为之法。令终而不灭，久而不绝，易用难忘，为之经纪。"（《黄帝内经·灵枢·九针十二原》）。自古以来，中医的根本追求与社会治理的目标是一致的，历代名医无一不具有强烈的家国情怀，因此中医才能得到上至庙堂之高、下至江湖之远各方面人士的支持，实现了"终而不灭，久而不绝"。

二、中医传承中的个体体悟与集体学习

中医传承的途径大体上包括两方面：一方面很推崇个体在自学过程中的主观体悟，另一方面也很强调客观的集体学习。

有点玄的"悟性"

2010 年前后，随着丹尼尔·科伊尔（Daniel Coyle）的《一万小时天才理论》与马尔科姆·格拉德威尔（Malcolm Gladwell）的《异类》等图书登上国内的畅销榜，"一万小时定律"被大为推崇。该定律的核心是说无论做什么，只要能坚持一万小时，就都可以成为专家。这时我正好转型进入上中医，就激励自己通过"一万小时"的努力来好好学习中医。

从医以后我越来越觉得，"一万小时"定律不完全适用于中医领域的学习。反倒是爱迪生的名言更接近于中医临床的实际，他

曾说:"天才是百分之一的灵感,加百分之九十九的汗水,但那百分之一的灵感往往比百分之九十九的汗水来得重要。"中医临床上不仅需要熟能生巧,而且非常需要个体的这种灵感或曰"悟性"。以之前了解过的物理现象来类比,我感到中医学习的"非线性"现象特别突出,虽然点点滴滴的积累也是需要的,但是如"冲击波"混沌现象一般的瞬间感悟和升华却显得更为重要。

那究竟什么是"悟性"呢? 我个人的理解是只要在学习中医的过程中有快乐的心得,就可以认为有"悟性"。比如跟随 W 教授抄方开始,他就常鼓励我要尝试从"理为医用"的角度感悟中医。按照这样的思路总结医案,我曾提出了从能量守恒的角度看尿血、痰瘀互结证的表现就像接触不良的电路、通过养阴法来增加人体"比热容"等想法,今天来看仍很有乐趣。下面将以中医学的两大基本特点——整体观念和辨证论治为例,对于"悟性"作进一步说明。

(1)整体观念与唯象模型

在燕园求学时,物理学院负责学生工作的 D 老师对我照顾颇多,毕业后我一直与她保持联系。得知我转型学习中医后,她很热心地告诉我自己接受中医治疗的体会,并鼓励我尝试寻找中医与物理的结合点。

物理系的培养让我能接受唯象的思维:某些情况下不一定需要很精确,只要能说明问题即可。学习中医后,我感到运用整体观念可以搭建许多唯象模型。2017 年作为住院医师在龙华医院分院肾病科轮转时,我就将欧姆定律用于从整体上解释降血压药的使用(图 10‐1),并很兴奋地与 D 老师以及物理学院的一些老同学分享,后在她的鼓励下于上海校友会作了"重温欧姆律,搞定高血压"的讲座。

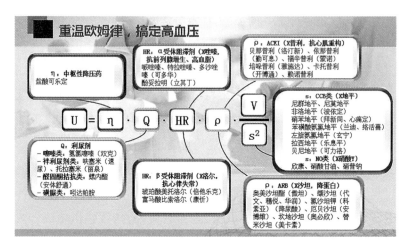

图 10‑1　类比欧姆定律建立的降血压药用药模型

　　虽然图 10‑1 模型中用的都是西药,但实际用的还是中医的整体观念。具体对于中医药治疗高血压,部分可以参照西药药理理解,例如葛根、川芎等扩血管,增加了上图公式中的血管等效面积 s。类似减肥,具有化浊作用的中药可以减小人体的等效体积 V,而利水渗湿药和通便类的药物则可以减小等效循环负荷 Q。另有一些无法按西药药理理解,但仍可以在此唯象模型中讨论:如调理体质的方法可以像西药调节 RAS 系统一样改变 ρ;通过平衡阴阳、调整经络等方法可以调节人体的兴奋性,即改变 η。我在临床上面对高血压患者时,往往会参考其已经用的西药,结合这个唯象模型,从西药尚没有发挥作用的点着手,在辨病结合辨证的基础上有针对性地用药,在某些患者身上能够加强稳定血压的效果。

　　因为校友会的同学们乐于接受这种形式,所以 2018 年我又作了"自在之圆"讲座,结合圆周运动为校友们介绍了自黄元御以降的中医圆运动模型。当然,虽然基于中医整体观念建立的唯象模型比较容易让理工科背景、对中医感兴趣的朋友接受,但要用于临床仍然离不开仔细的观察和经验积累。

(2)辨证论治与函数拟合

2019 年初,我带教了一批香港来的实习同学,其中有一位 T 同学是香港中文大学毕业的高才生,曾在金融业工作过很长时间,因为各种机缘来沪学习中医。由于大家都是跨界而来,又有一定的工作经历,因此聊中医时不自觉地就用到许多学科交叉的思维。

T 同学提到一位亲人的复杂病例,据说当地医生用补中益气汤合半夏泻心汤合金匮肾气丸合四妙丸加减治疗。她觉得虽然临床用药是有效果的,但是感觉很乱,看不出辨证论治的思路。我和她一起用圆运动调气机的思路将此病例分析了一番,发觉用乌梅丸化裁即可。我不禁感叹,对于同一位患者,不同的中医师处方千差万别,但都有效,这是最让人觉得不可思议的地方,而当时的我也想不到好的解释方法。

后来我在了解符号回归机器算法时,终于想到 T 医师的问题可以用函数拟合的不唯一性加以解释。之前做大学物理实验后,我们为了讨论数据背后的物理意义,常要进行函数拟合。有的物理过程很明确,可以用"简洁而优美"的解析解(特别是线性函数)直接拟合,得到非常高的相关系数;对于找不到解析解的复杂过程,大家则各显神通,用多项式、对数以及正余弦函数等拟合。后来我接触复杂的工业现场时,看到的更多是用分段线性拟合和分区域拟合,此时拟合的不唯一性就更常见了,比如虽然不同的工程师调出来的 PID 参数可以有许多差异,但都能保障现场运行。

总之,中医辨证论治后的"千人千方"并非因为"不科学""思路混乱",而是因为面对复杂的病情时,中医师不得不采用多样化的

"拟合策略"来实现治疗目的。想明白了这一点后，我就更加重视
并能够接受不同的治疗思路。

民间传承与学院派认知

　　除了个体自学以外，中医历史上主要采用的是民间师徒传承，
其中又以世家传承最为常见。2020 年 10 月，我带教的实习医师
中有一位是香港某中医堂的少东家 L 同学。因为长辈工作多次调
动，所以他在海峡两岸及香港地区都有丰富的学习和生活经历：
小学在台中、中学到香港、大学来上海。在门诊之余我们聊了不
少，我得以了解他们家族在台湾地区的"科学中药"厂的事业和中
医世家的传承训练，包括从小开始的各类治疗"套路"背诵、中学开
始的打坐和针刺手法训练、大学后的功法和正骨练习等。从 L 同
学这里，我得知他们家传针灸在治疗中也是反复把脉，一旦发现明
显的脉象变化则及时调整，必要时甚至取针结束治疗，和我在门诊
上的做法不谋而合。

　　L 同学还结合自己见过的具体病例，谈了按病、脉开具固定经
方组合的"套路"：例如泻肝火就用"科学中药"厂做好的龙胆泻肝
丸，配合济生肾气丸或补阴汤补肾，泻心就用泻黄散等。虽然临床
确实既有疗效又有可重复性，用药的"套路"看来也很规范，但 L 同
学却指出了其中的问题：这样的做法一来很死板，二来经过组合
后，为了控制总药量，患者每剂中实际能吃到的药量非常少。甚至
他曾算过，某个病例中黄芪折合到生药只有 0.2 克，所以他很怀疑
到底是药物起的作用，还是正骨、推拿、食疗和祝由（比如让有相关
信仰的患者去放生）等共同的作用。对"家学"的质疑和思考，推动

他来沪求学。

这场交流让我很受启发，尤其是 L 同学对于看到的临床现象勤于思考、勇于质疑的态度让我非常佩服。后来关于"科学中药"，我还向曾在台湾执业的 F 医师请教。他认为台湾的"科学中药"虽然方便好用，但粉剂确实有局限性，如滋阴类处方六味地黄丸、左归丸等变为粉剂后，效果大打折扣；而对于外感，需要大、小青龙等处方时，靠粉剂来发汗效果也不行，尽管其对于轻证还是有一定的作用。总之，我国港台地区也好、海外也罢，通过世家传承的中医虽然有其自身的特点，但是实事求是的精神、为提高临床疗效而不断努力进步的追求与学院派是相通的。

除了中医世家，其他的民间传承虽然可能没有那样成体系，但也更加丰富多彩。以脉诊为例，有一次我参加有关五运六气的学术会议，遇到许多中医爱好者，他们带来了五花八门的中医脉法，或由老师传授，或由自己"发明"，远超书本范围，令人大开眼界。

一同参会的 T 师兄指点我在了解这些脉法时注意甄别、正本清源。同时他也鼓励我向中医爱好者们学习，通过临床体悟找到最适合自己的脉法。他说每个人手指的感知能力是很不一样的，比如他自己通过实践，发现布指较开时，容易感受到三部的相对变化，特别是尺脉的变化。而这种体悟是别人学不来的，比如我就感受不到。另外，市售的脉法书籍非常多，但可能由于基因的差异，不同人的指腹的敏感性是不同的，自然造成脉法的流派众多、老师的脉法弟子却传承不了的局面。

与民间传承相比，学院派的认知会更加全面。例如对中医稍有深入了解后，就会注意到其有不同的传承分支。据《汉书·艺文志》记载，古医大致分方技、医经、房中和神仙等四类，其中对于现代仍有影响的是方技与医经两类,后者的体系在目前的教材中占主导地位,但临床遇到问题后,大家又会偏向于以经方为代表的方技类的体系。2016年经H老师推荐,阅读了潘华信教授的《唐宋医方钩沉》一书,我了解到除了仲景经方以外,唐宋的医方体系中还有许多丰富的内容。特别是2019年开始参加唐宋医学教研团队的工作后,我关于这方面传承的思考就更多了。比如每当听潘教授说起"如果附子只能用于阳虚,那么古人不属于阳虚者,难道就不用附子而等死吗?""天然植物汁在古代是否起到了类似静脉输液的作用?""续命汤中的辛味药是用于解表吗?"等疑问时,我就常有振聋发聩之感,深感此前的所知所学远非中医之全貌,从而下决心依次通读《备急千金要方》《千金翼方》《外台秘要》《太平圣惠方》和《圣济总录》等唐宋方书医籍,补上这块认知短板。

正因为全面,学院派才总体上显得中规中矩。还是以脉诊为例。2018年初我有幸与中医四诊客观化方面的权威X教授探讨脉诊设备的研制。谈到脉象的分析,X教授的话对我触动很大。他以最常用的"左寸关尺候心肝肾,右寸关尺候肺脾命门"为例,说虽然临床上很实用,他自己也用,但这其实是术数推演的结果。比如有一种推法是从尺部开始,按照左侧水生木、木生火,右侧火生土、土生金的规则进行推演。

X教授进一步指出:学院派全面地梳理了脉学的源流,清楚各类文献中的矛盾之处,又能看到现代大样本采集结果中的偏倚,因此在对于脉诊的认识上往往比民间要保守得多。从这个角度来讲,通过实证的方法来研究脉象,使得客观的脉象指标能够与临床问题相结合,还有很长的路要走。经他提醒后,我越发明白,为何临床上常会遇到脉象与患者表现不符的情况。后来设计治疗方案时,我就相对更加保守些,并在诊疗过程中更加注重四诊合参。

当然,我觉得脉象的研究还是很有价值的。在大样本采集数据、寻找循证依据以外,尤其是看到以色列希诺嘉公司通过机器学习,用个体化的脉搏波实现了无创测血糖以后,我推测未来在人工智能的辅助下,脉象研究或许将向个体化、个性化方面发展。当然,这种发展的前提是要有足够多的患者愿意配合提供数据以供分析,并且对于脉搏波背后的临床意义、敏感性和特异性的考察等,还需要各专科的医师与研究者来共同探索。

《大历史:虚无与万物之间》的作者大卫·克里斯蒂安指出:集体学习(Collective Learning)使我们人类可以比基因组变化更快的文化变化来适应周围环境。综合来看,无论是民间高手还是学院派,在传承过程中其实都在促进与中医相关客观知识的集体学习,使其不断与新时期人们的疾病谱和心理预期相适应。

三、中医"操作系统"的升级之路

在体制内做临床,西医和中医的方法都要用。通过与西医比较,更容易理解中医在实践中的特色:比如一般大家都会认可"老中医",却很少有"老西医"的提法,个人认为,这是由于两种医学体系对医生的要求不同所造成的。拿 IT 界的操作系统来类比,西医学体系好像 Windows 或 IOS 系统,对医生的要求是能像某个应用一样调用系统资源即可;而中医学体系则好像开源的 Linux 或安卓系统,为了适应不同的业务场景,需要医生能够自行修改,并能够在与患者的交互、兼容性和联网能力等方面不断升级。

始 于 交 互

从命令行到视窗、从键盘鼠标到触摸屏、从手势操控到语音助手……就像操作系统升级换代时，给人最直观的印象都在人机交互方面，中医"操作系统"的升级往往也始于与患者交互方法的改变。除了通过常规的望、闻、问、切与患者交互以外，许多中医师还采用经络诊等别具特色的交互方法，给患者留下深刻印象。例如我听 X 教授说起曾在某大型连锁中医馆出诊，接触到许多运用经络诊的民间高手。他们有的没有行医资格，却能仅凭四诊合参加上罐诊等形式多样的经络诊，就可以对患者的情况说个八九不离十。得到患者的信任后，他们再通过拔罐、推拿、艾灸等方法，有时能缓解许多正规医院看不好的疑难杂症。

成为住院医师后，我听说上海有专门机构培训中医经络诊及相关的非药物治疗，而且细分为基础、美容和疑难杂症（包括肿瘤等）三种类型，医院里也有同事专门去学习的。做主治医师时，有位北京的朋友来沪时也向我说起，在北京有机构专门做中医全身经络诊察，且收费不菲。后来读到王居易教授的《经络医学概论》《王居易针灸医案讲习录》中的经络诊察法，我对相关的经络诊更有兴趣了。

不过见到经络诊的全面应用，还是在风湿科病房里跟随 G 主任学习时。在教学课上，G 主任对作为"模特"的医师进行从足到头、从背到腹的全身经络望诊和触诊，细致地为我们讲解如何结合穴位的凹陷、凸起、附近筋肉的软硬、是否存在团块、团块的质地、特征性的关节改变、喜按还是拒按等判断经络及对应脏腑的虚实，并结合局部肤温的高低、有汗无汗等判断寒热等。她还将经络诊中能看到的一些征象和触诊手法等与西医体格检查类比，帮助大家理解。

因为对于经络诊的系统框架了然于胸，所以 G 主任在查房时，往往一边做经络诊察，一边就通过推拿等方式为患者做治疗，用时不长，但患者的症状常以肉眼可见的速度改善，让患者和我们随诊医师都啧啧称奇。

成 于 兼 容

一个成熟的、被广为接受的操作系统一定具有良好的兼容性；类似地，一名成熟的临床中医也需要兼容并蓄的胸襟。

在学校里读书的时候，从现代医学的角度，要思考生理、病理和药理；从中医的角度，则要考虑理、法、方、药丝丝入扣。但到了行医阶段，因为一方面临床上要求快，另一方面实际也不可能做到每项决策都符合逻辑，所以我很多时候会感觉要学会采用不那么讲道理的治疗方案。

比如 S 教授就不太喜欢辨证论治、理法方药，而是推崇徐灵胎所说的"一病必有一主方，一方必有一主药"，并且认为治疗风湿免疫病时需要考虑的病因病机很多，除了肾虚以外，如类风湿关节炎、成人斯蒂尔病、风湿热、脂膜炎等，为风、寒、湿、热、痰、瘀、毒七邪俱全；而系统性红斑狼疮、干燥综合征、皮肌炎、系统性硬皮病、白塞病、结节性红斑等，则以瘀、热、毒三邪为主。基于这样的认识，他认为不管用什么方法，只要能"兼容"专病的关键病因病机就都可以采用。

W教授在临证之余也再三提醒我们，辨证思路不可僵化，要在有限的时间内，用尽量少的药物，尽量多地"兼容"造成病人苦恼的所有病因病机，临床上才容易快速取得效果。

我也经常有机会与对中医感兴趣的理工科朋友交流，遇到他们对于临床上一些令人费解的决策感到很神奇时，或是当其提出希望采用全面采集数据以建立"大一统"的精确模型时，我除了说明伦理方面的限制以外，也屡次谈及中医师选用各种治疗方法时所需要考虑的兼容性，或许可供有需要的朋友参考。

终 于 联 网

凡事有开始就有终结，任何产品都存在生命周期。尽管表面上仍在更新换代，但从广义的生命周期来看，个人（PC）机的操作系统发展已经到了尽头。好在操作系统还可以通过联网来发挥无穷的潜能。如果把中医师个体也看作是操作系统的话，那么其个体的发展也是存在瓶颈的。过去，中医师通过游历、拜师、与同道交流等来"联网"提高；如今，"联网"的方式方法就更多了，比如校友Z同学的方法就很有代表性。

Z同学在北京大学读了药学，又到上海交通大学医学院读了西医博士，但真正感兴趣的还是中医。这些年来通过断断续续的接触，我了解到他在经历了自学、跟师、在民营诊所工作、抓住各种机会实践、考试等阶段后，最终获得了中医师承的行医资格，目前已经开办了诊所。

因为一直受现代医学和药学的训练，所以他看问题的角度既和学院里出来的中医不一样，也和主要靠自学和师承的民间中医有差异。2021 年我有机会和他详细探讨治疗思路。他说因为到诊所来的都是疑难杂症患者，或者常规方法治疗效果不好的患者，所以他一般不用教材或各类指南上用的方法，而是"用做科研的方法看病"。

具体而言，他会在初诊了解患者基本情况的基础上，以西医诊断的病名或患者最苦恼的主诉为关键词，全面检索用中医药处理此类问题的中文和外文文献，并筛选比较可信的网络文章和论坛帖子。随后他就以写荟萃分析（meta analysis）的思维来筛选和评判，去掉他认为疗效报道不可靠的文献、疗程不明确的治法和为人熟知的常规手段，只留下可以明确疗程的独特治法，最后综合临床上采集到的患者信息给出处方。

Z 同学一般会让患者像西药那样服用中药，至少坚持 3 个月到半年，中途不换方，直到疾病有明显改善再作下一步打算。在此过程中，他积累了许多用经方实现异病同治的案例，比如用炙甘草汤治好了许多患者的反流性食管炎等。

Z 同学选择的这条中医成才之路殊为不易，而他在联网搜索基础上"用做科研的方法看病"的方法具有鲜明的时代特色，非常值得我们在升级中医"操作系统"、做能够"联机"的独立思考者时借鉴。

第十一章
如何做科研

中医需要做科研吗？网络上关于此话题的讨论可谓仁者见仁、智者见智。在此我想先谈谈作为一名普通人对参与科研必要性的理解。

1932 年，时任北大校长的胡适先生在学生毕业典礼上提到，人生的道路上满是陷阱，让人一来容易抛弃学生时代的求知识的欲望；二来容易抛弃学生时代的理想的人生的追求。为了避免这般的堕落，他开出了三张防身的药方，其中第一张就是："总得时时寻一两个值得研究的问题！"

尽管已经过去了将近一个世纪，但是胡适先生的话仍有很好的警醒与鞭策作用。与许多其他职业一样，如果只是在病房、门诊、会诊、值班等事务性的工作中连轴转，那么一名普通的临床医生是很容易堕入所谓"做一天和尚撞一天钟"的陷阱中的。从这个角度来讲，中医科研对于普通人最大的意义，还是在于能提供"一两个值得研究的问题"，让人不忘却求知的渴望、不放弃曾经的理想。当然如果科研成果有助于职称晋升、促进学科发展，乃至于为人类健康事业作出新的贡献,那肯定是大家都乐见其成的。

从求学到从医,我参与了一些中医科研工作,主要的体会有两点:一是要有一条主线,二是可以多寻找二次创新的机会。

一、与时间节律为友

一旦加入时间变量,物理学规律常会变得非常复杂。而像信号分析之类的工科学科,研究的主要也是与时间有关的问题。因为有理工背景,所以我当初读到《思考中医》中关于伤寒"欲解时"的阐释,以及关于"中医就是完完全全的、彻头彻尾的时间(时相)医学,而绝不是部分的时间医学"的提法时,就特别感兴趣。恰好当时我又有幸得到 H 老师指点科研的思路,他说:中医历来有重视人体生物节律的传统,诸如五运六气、子午流注、《伤寒论》六经"欲解时"等都对临床实践产生了重要影响,《临证指南医案》等经典医籍中也多有不同时间服用不同药物的记载,与现代时间医学的思想不谋而合。只是到了现代,出于各种原因,从时间节律角度开展的中医实践和研究不多。

在 H 老师的启发下,2012 年春我们做了一项关于服药时间对血压控制的影响的科创项目,邀请了龙华医院心病科的 S 主任作为导师。我第一次了解到血压随时间波动的正杓形曲线和反杓形曲线,以及部分不规则波动的情况。因为项目组当时对于子午流注等中医时间医学的了解还很有限,加之 24 小时动态血压(ABP)检测技术开展得还不普及,所以我们只是让门诊患者自行测量,通过连续记录每天某几个时间点的血压,来观察用药与血压波动的规律。我们还委托研制了一款血压分析 App(图 11-1),主要功能

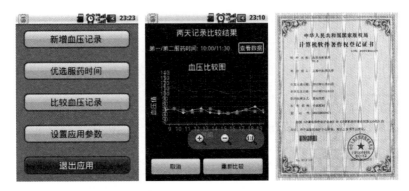

图 11‑1　血压分析 App 界面及软件著作权

是先记录患者在一段时间内不同时间点的血压，然后绘制血压波动曲线；接着请患者更换一个服药时间，再重复该记录与绘制过程；最后由医生对比两条曲线并加以分析，从而为患者找到更合适的服药时间。

可惜那时智能手机还不普及，没有几位患者成功安装 App，大多数患者还是靠手动记录。并且虽然 S 主任很支持我们的工作，在门诊上和病房里积极为我们推荐熟悉的患者，但真正能够配合的人很少：有的会忘记记录，有的测了几天后，因血压波动又改回原来的服药时间。最终完成试验的少数患者的结果显示：如果短期内（一周）更换降压药的服药时间，那么血压波动曲线并不受影响。尽管如此，患者还是表示有收获，例如有患者通过每天测量，发现下午四点的血压总是偏高。他回想起自己有好几位直系亲属都在傍晚发生中风，就很重视，在 S 主任指导下采用了更积极的降压方案。

这段经历是我与时间节律为友的开端，也让我意识到临床病例收集的困难，从而倾向于用能够自动采集数据的设备开展这方面研究。

因为子午流注的关系,针灸专业的老师对于时间节律也很感兴趣。2012 年夏我们在针推学院 X 教授的指导下,进行了一项有关人体睡眠期间心率变异值的探索性课题,观察其时间序列是否能反映子午流注规律。

我们用指夹式血氧仪夹闭志愿者的无名指后,开启设备的自动采集功能,从晚上 11 点到次日 7 点,每秒记录一次心率和血氧饱和度,从而形成时间序列。为了避免时辰交界处的干扰,我们参照子午流注的节律,采样了每位志愿者肝经当令时段中(凌晨 1:30:00～2:29:59)及肺经当令时段中(凌晨 3:30:00～4:29:59)的心率与血氧数据,形成心率时间序列,统计平均血氧浓度、平均心率、心率变异性 AR 模型的阶数、AR 模型预测的白噪声标准差。结果发现肝经当令时,男性心率变异值 AR 模型的白噪声标准差与女性的该标准差存在统计学差异。两经交接时,男性的平均血氧和女性的平均血氧存在统计学差异。其他指标则没有统计学差异。由于样本量比较小,我们认为睡眠期心率变异性的时间序列分析尚不能反映子午流注规律,需做进一步的研究。

期间,我们还发现了一些有趣的现象:同样是把设备夹在无名指上,有两名同学做了噩梦,而另一名一向睡眠不佳的同学居然反映睡得特别好。从中医考虑,这是否和指氧仪的夹闭改变了人体经气的循环有关? 能否将此现象用于治疗睡眠节律有关的问题? 供相关专科医师参考,来决定是否要作进一步探索和研究。

2013 年在内分泌科轮转时,因为注意到为糖尿病患者制定胰岛素方案也需要重视时间节律,所以我就在 T 老师的指导下申请了关于根据时间节律输注胰岛素的发明专利。

专利获得授权后,我以此为基础申请了相关的国家自然科学基金(下文简称"国自然")。在开展了一部分研究后,我很快遇到一个问题:本院的设备精度不够,在部分血糖范围内误差较大。在某次小范围的讨论后,经 T 主任引荐,我与西医内分泌领域的权威、上海市第六人民医院的 Z 主任取得了联系。记得之前跟 W 教授抄方时,谈到中西医结合必然要寻找高水平的切入点,而时间节律显然就是这样的切入点。Z 主任对我们的工作非常支持,从西医的角度提了许多新的研究思路,不仅在伦理许可的范围内开放了部分数据供我们研究,还支援了一位博士专门配合我们撰写论文,并引荐了华山医院内分泌科的 Z 主任予以指导。国自然得以完成、实现子午流注与血糖相关性的探索,实在是非常感谢以上各位主任的帮助。

目前对于临床大数据的研究,我也在尝试从时间医学的角度,研究专病病情随节气变化的规律。总之,对于 H 老师给出的与时间节律为友的方向,我一直很有兴趣并将其作为科研工作中的主线。

二、以二次创新为主

中医科研路上不缺问题,而缺方法,尤其是创新的方法。因为有此前在 IT 界的经历,所以我比较重视二次创新的方法,即在掌握一门技术的基础上,对其进行创造性发展的方法。中医科研过程中,比较直观的二次创新是跟着西医做实验研究,比如把西医用于干预某种机制的化学药物换成方剂、中药或针刺,这也是目前中医科研的主流模式;难度大一些的二次创新是将西药的研究体系(如网络药理等)整体迁移到中药研究中来;还有就是对于医疗以外领域(如 IT)的成熟应用进行迁移式二次创新。

网 络 药 理

导师 F 教授安排我到中国中医科学院学习"中医传承辅助平台",此后我进一步了解到相关的数据挖掘及网络药理的有关知识,也学习了清华大学李梢教授团队的文献。尽管目前的网络药理方法用于中药研究还有许多局限性,例如对于中医不传之秘的"药量",就无法体现。另外中药煎煮过程中会产生各类化合物,其作用可能也无法用各中药拆解出的单体成分来解释。还有如果考虑患者本身的基因多态性的话,基于人群一致性假设的网络药理研究就难以得到具有收敛性的结论。但不管怎么说,网络药理还是能把一部分问题说清楚,有利于预测中药的有效成分、作用靶点和毒副作用等,值得用于中医科研。

然而,要对网络药理进行二次创新研究有一个综合成本问题,尽管龙华医院 Y 教授几乎是以一己之力整合了许多开源数据库,形成了 TCMNPAS 中药网络药理学分析系统,供注册用户免费使用,但是读取数据库需要消耗的时间成本还是很大,对服务器的要求很高。随着算力作为像电力那样的基础设施而有日益丰富的供应,以及有关伦理、知识产权等方面的约定,希望能有更全面的顶层设计,推动网络药理与中医临床大数据相结合。目前我虽然不具体从事网络药理方面的研究,但仍然很关注这个领域的发展,期待早日看到网络药理全面助力中医科研的发展。

IT 应 用 迁 移

2012 年移动互联网元年以来,随着各类 IT 应用极大地改变人们的生活方式,将比较成熟的应用迁移到有中医特色的慢病管理进程中就成了自然的选择。比如我曾在导师 F 教授的支持下,申请过一项研制通用型中医肺康复 App 的课题。该 App 后来定名为"天天宝肺",融合了中医耳穴、功法和五行音乐等多种机制,一度很受患者的欢迎。

后来我看到差不多于同期发展起来的 Keep 健身 App,觉得非常好。如果中医的康复方法可以融入类似的 App,那么应该能惠及更多的人群。不过,因为 Keep 采纳的都是属于偏阳刚的、有集体示范效应的方法,而中医的康复方法则偏阴柔、更需个体感悟,所以能否实现商业化也需要探索。

虽然"天天宝肺"很受患者欢迎,但是我发现慢性病患者对自己的体质及相应的食疗更感兴趣。而和导师 F 教授及中医预防保健科的同事进一步交流后,我觉得存在一个共性的问题,就是中医临床工作以脏腑辨证为主,而中医治未病工作却是以九种体质辨识为主,两者的联系不够紧密。例如,对于一位气虚质的患者,医护人员还须进一步辨证为心气虚、脾气虚还是肾气虚等。

还是在导师 F 教授的支持下,我在"天天宝肺"的基础上针对上述问题申请了新的课题,研制基于脏腑辨证的中医健康评估系统。研制过程中,体质辨识参考了中华中医药学会 2009 年发布的《中医体质分类与判定》标准。除去平和质与较少进行脏腑辨证的特禀质两种体质,针对气虚质、阳虚质、阴虚质、痰湿质、湿热质、瘀血质和气郁质 7 种偏颇体质,首先参考了《中医临床诊疗术语证候部分》,为每种偏颇体质找到常见的基础脏腑证型并确定其脏腑病位;然后对涉及的所有症状,按《中医临床常见症状术语规范》进行标准化,并删除与标准体质量表中重复的症状及体征,共得到 24 个附加问题。最后通过整合的标准体质量表与附加问题中的所有症状及体征,计算体质类型,并基于模糊数学的择近原则识别其脏腑证型,最终推荐食疗保健方案。因为这一健康评估系统具有通用性,所以其在中医预防保健科和内分泌科等都得到了应用。

第十二章
如何行走职场

　　如果说实习与规培阶段还是大学学习生涯的延续,那么自 2016 年正式从医开始,就是我重新进入职场的阶段。虽然医疗界与此前的 IT 界有许多不同,但据我观察,无论是里面的世界还是外面的世界,对于职场人士而言还是有许多共通的地方。

一、里面的世界需要榜样,更需要导师

　　行走职场时,提高最快的方法应该是对标某位榜样,学习其处理具体的、独立的问题的方法和思考方式。但是对于比较抽象的、系统性的问题,就需要寻求职场导师(mentor)的帮助。

对 标 榜 样

　　下棋找高手。在病房里,我发现有的医师对于各种情况总能够灵活地"搞定"。这其实是很不容易的,一方面因为现代医学发

172

展很快,某些专病的治疗原则、用药理念一直在进步;另一方面则因为医院药物的变化,不同医院在进药时也有很多非医疗因素的考量,所以现在每隔两三年,各专科用药的品种"大换血"是很自然的事情。

具有上述"搞定"能力的医师都是大家临床上的榜样。刚开始从医时,我就以D医师为榜样,留心学习她对问题的处理和操作,并经常向她请教。她精心总结的"用药宝典"虽然只写了三页A4纸,但因为其非常切合临床实际,用的也都是本院有的药物,所以我无论在病房值班时,作为住院总医师负责全院的急会诊时,还是在急诊抢救室处理常见问题时,都会用得上该宝典。在遇到D医师之前,我自己也曾整理过一些,但由于临床积累不够,远不如D医师总结的好。

正所谓"好记性不如烂笔头",对于点滴的临床经验和特殊病例的积累,及时总结显然是个好习惯。受D医师启发,我在各科病房轮转时都很注意记录与总结,有些比较成体系,有些则是只言片语,都记录在手机上的笔记软件中,以便后来遇到问题时能通过搜索的方式查找并回想起来。

成为主治医师后,我在病房以外需要承担的门诊工作多了,日益觉得在门诊治疗上,经络辨证的重要性还要高于脏腑辨证,也希望能找一位榜样。正巧J同学曾在使用二十经脉测定仪、擅长经络辨证的H主任处抄方,于是我请J同学引见,与H主任约了日期后,共同前往拜访了解其实际开展经络检测的情况。

H主任所在的医院为其安排了很大的诊室。他很热情地接待了我们,但当天病人实在太多,只好先请其研究生为我们作演示。在观看二十经脉检测仪的使用演示时,我了解到H主任的团队进行经脉检测的实操规范,比如其将定标的基点设置在印堂穴处,而不是一般十二经脉检测仪所使用的单手(一般是左手)的劳宫穴;使用固定高度的脚凳,既方便患者放置足部,又保证了不同患者的大体姿势类似,从而保证检测的均一性等。我还了解到仪器测定中的一些实际问题,比如新开发的仪器的稳定性不如老型号,容易出现"死机"故障之类。结合我对仪器仪表的了解,估计是因为新仪器中,用数字电路代替了原来的模拟电路,而且还没有经过量产的考验,所以造成稳定性的不足。

待门诊结束后,H主任抽时间向我们介绍了自己的心得:较之常规的脏腑辨证,经络检测便于医师发现患者两侧身体的不对称,从而找到某些疑难杂症的症结所在,还可通过前后对比,客观地评价患者经络状态的改善程度。H主任的心得让我很受启发。后来我在结合患者的经络检测结果进行辨证施治时,也常发现两侧身体不对称的情况,如图12-1所示。

当聊到经络检测设备的商业化运作时,H主任表示精力实在有限,目前还是立足于临床,通过不断研发新的样机来提高疗效、服务好患者。确实,临床工作的岗位特点决定了实施成果转化有较大的难度,导致国内经络检测不像日本良导络、德国福尔电针那样具有成气候的经络检测设备生产单位。

求助于职场导师

许多管理体系成熟的企业会为管理培训生(Management Trainee)建立职场导师(Mentor)制,在岗位领导以外增加一套传帮带的机制,帮助其快速提高业务技能和各类软性能力。医院里

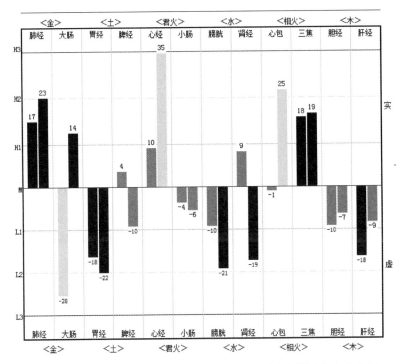

图 12-1　某失眠患者的经络检测图，主要问题在右侧的心经与心包经

虽然没有管理培训生制度，但是各科轮转机制发挥了类似的作用；
而中医跟师抄方的传统在某种程度上也起到了类似职场导师的效
果。行走职场之际，无论对于西医还是中医问题，我都会找时间向
自己跟随抄方的名医们请教。

（1）学西医

斯塔夫里阿诺斯（Leften Stavros Stavrianos）在《全球通史》中
写道："社会的变化，总是远远落后于技术的变化……人们十分自
然地欢迎和采纳那些能提高生产率和生活水平的新技术，却拒绝
接受新技术所带来的社会变化——因为采纳新思想、新制度和新

做法总是令人不快的。"作为传统社会生活的重要组成部分,中医是否需要看西医的理化指标、影像报告?是否能够用中药来改变理化指标和影像报告?这些话题充满争议,背后反映的是关于未来中医这个行业发展方向的意见分歧。

尽管有争议,但现代社会的需求和法律制度决定了一名中医师不能不懂西医,因此现代中医师,特别是体制内的医师脑子里必须有西医和中医两套思路。因为学习进度的关系,我和一些由西药专科升入中医本科的同学一起修学分。对比他们专科的培养计划,我感觉至少五年制中医用于西医的学时和他们专科差不多。而对比西医八年制的培养计划后,我感觉七年制中医所学的西医和他们差距就更大了。在学时压力下,中医院校的西医教材就不得不编得比较简单,与临床的距离就比较大。

真正上临床后,几乎每位中医师都需要购买西医《内科学》或《实用内科学》教材,以及相应专科的工具书才能开展实际工作。之前,我们都是在学校里读《西医诊断学》和《西医内科学》,到临床实习时都忘记得差不多了。现在部分专业的培养计划是边实习边学这些课程,从而能够把"活的病人"与"死的书本"联系起来,相对来说教学效果会好一些。当然这样的培养方式会要求医学生既要做临床、值夜班,同时又要读书、考试,所以学生们会更疲劳一些。

在临床中可以看到:不参考理化指标、完全按照辨证论治的精神进行治疗,通过患者整体的自身修复,最终使指标恢复正常的案例是存在的,但是并非每位患者都能有这样的配合度、对医生有足够的信任度。更何况,许多慢性病患者本来还在吃西药,如果要坚持"纯中医"治疗,那就需要患者完全停用西药,但可能引发病情的大反弹,这是患者与医者都不愿意看到的局面。当今科学论、还原论占据了主流的集体无意识语境,在大多数患者,尤其是中青年一代的患者有比较强的理工科、逻辑思维的情况下,如果一名中医师看不懂现代西医的理化指标和影像报告、无法通过综合方法来使指标稳定甚至恢复正常,那么是很难获得患者信任的。

正因为如此,重入职场以后我一直在继续学习西医。在此过程中,对我帮助最大的是 W 教授。门诊之余,W 教授会关心我们轮转的科室,询问我们在临床上遇到的问题,并指出要结合专科专病把握"三输、三素、三对症"。"三输"是指输血、输液和输氧;"三素"是抗生素、维生素和激素;"三对症"是各专科特殊的对症用药,比如退热、止血、止痛、降特定的理化指标等。无论到哪个专科、处理哪个专门的疾病,围绕这个框架进行有针对性的积累,都能对于常见病、多发病比较快地形成临床思路。当然,西医的诊断和鉴别诊断也非常重要,需要长时间的经验积累。

关于具体病例的治疗,W 教授还为我们分享了中山医院 C 教授的观点:因为每个病理过程都伴随着一个生理过程,所以高明的医者可以通过这个生理过程"借力",加速缓解病理过程。如果想深入学习西医专科的话,W 教授建议读书名为"XX 科主治医师X 问"的书,认为这类书籍对于临床实际会遇到的问题,都会总结得比较清楚。另外就掌握西医的程度而言,W 教授认为比较切合实际的要求是,各级中医师应达到西医略低一级医师的水平,比如主治中医师应该有西医住院医师的水平,副主任中医师应与西医主治医师水平相当,主任中医师水平则不应低于西医副主任医师。这些都让我在学习西医时有比较清晰的思路。除了"XX 科主治医师 X 问"以外,我觉得近年来各科编写的规培教材,特别是有案例引导的教材也很值得参考,不仅比《内科学》教材更贴近临床实际,而且比较简洁,便于快速掌握。

(2) 做中医

1 400 多年前,药王孙思邈在《备急千金要方》中写下名篇"大医习业"与"大医精诚",两者从此便被奉为做中医的圭臬。其中"大医习业"要求医者能在涉猎群书的基础上使医道尽善尽美。因为通识课程的要求,我在北大选修过《经济法概论》,了解到大陆法与海洋法的区别。转型做中医后,我不自觉地借鉴了这种区别的观点,颇觉课本教材如大陆法,希望设计一个完备的框架,按照规范的"法条"(例如理法方药、君臣佐使)来处方用药或施针。而到了临床以后,学用西医手段时也要参照各类指南、专家共识,依然与用大陆法断案的思路一样。然而临床是复杂的,当面对具体的患者时,我感到要想取得好的疗效,则最好能像海洋法那样,参照一个个成功的案例来处理,这点不管西医还是中医都是如此,西医通过定期的疑难病例讨论,而中医则通过病例总结。

2021 年,在上中医人才培养项目资助下,我得以跟上海市名中医 C 教授抄方,有幸得到这位将病例总结做到极致的中医肾病大家的帮助。如前所述,目前做中医临床也要考虑西医理化检查指标,如中医肾病科需要为患者降尿蛋白、血肌酐、尿酸、尿素氮以及升血白蛋白等,已经形成了比较完善的微观辨证体系,C 教授更是其中的佼佼者。她在门诊上总是随身带着两本厚厚的黑色硬面抄。每当遇到较为疑难的病例时,她就会从中找到类似的病例,参照此前取效的用药加减。如果之前的病例走过弯路的,就选用最后能够取得效果的方药;如果此前很快取效的,有时就用原方。对于由于各种原因没有做肾穿刺的患者,C 教授会结合他们的性别、年龄、病程(特别是肾功能下降的进展速度)、合并的基础疾病(如高血压、糖尿病等)以及其他有临床价值的指征,从此前积累的案例中选出与之类似者,根据其中的病理记录,推测当前患者也有类似的病理基础,这样再结合四诊合参,用药更加有的放矢。

临床观察下来,效果甚好。有一些患者在当地本来已经准备做血液透析了,来沪服用中药后,肌酐水平明显下降。C教授的方法是宝贵的,我姑且称之为与辨证论治、辨病论治都不相同的"辨案论治"。诚如老子所言"天下难事必作于易,天下大事必作于细"(《道德经·第六十三章》),如果能有更多的中医像C教授那样认真地对待、记录每一个案子,并将这种"辨案论治"的思路用于实践,那么我相信中医临床会有更好的疗效、帮助到更多患者。

C教授对于我的帮助也是通过案例。在我第一次跟诊抄方时,她就结合我的风湿科专业布置了"作业":全面整理一名因蛋白尿就诊、疑似免疫相关性肾病患者的病史资料,并讨论其可能的诊断。

我为此查了不少资料,还请教了中医药治疗风湿病领域的权威S教授。考虑该患者为中老年女性,有蛋白尿、间质性肺炎、鼻窦炎等器官受累表现,且p-ANCA阳性,所以在其因为凝血功能异常而未行活检病理的情况下,我倾向于认为最可能的诊断是显微镜下多血管炎。而C教授对于这位患者参照狼疮性肾炎进行治疗,采用了益气养阴、凉血止血和清热解毒等多种治法,并将活血化瘀法贯穿始终,半年左右就使得患者的蛋白尿转阴,并维持了长期稳定。最终我总结的病例资料和讨论达近5 000字,C教授收到后非常高兴,在门诊之余又和我讨论此例,并讲述自己摸索免疫相关性肾病治法的心路历程,让我在收获满满之际再次感受到她寻思妙理、留意钻研的"大医习业"风采。

除了 C 教授的"大医习业"，W 教授"大医精诚"的精神也一直激励着我。2018 年 12 月，申城气温持续走低，W 教授如往常一样提前半小时左右到达诊室准备开诊，而我们则预备抄方。他刚坐下不久，一位中年男子急匆匆跑了进来说："W 教授，我家有位长期卧床的 84 岁老人，现在还留着胃管，今天我们虽然带他来医院看病，但他实在无法上楼到诊室。不好意思，能不能请您下楼到我们车上帮忙看一下呢？"男子话音刚落，W 教授毫不犹豫跟着家属下楼来到车旁。

W 教授年近 80，在这样一个寒冷冬日的清晨，他站在车旁，弯腰仔细询问病情，并查看舌脉，同时安抚患者。原来，患者是一名高龄男性，右下肺占位伴不张，两肺大量炎症，伴右侧大量胸水，当时鼻饲管留置中，胸闷喘憋，不能行动，稍动即喘，胃纳差，大便三日不解，胀闷难忍。患者在外院住院接受诊治，但一直没能得到确诊，治疗也没有效果。家属经多方打听，当天特地到龙华医院来求助 W 教授。

了解基本病情后，W 教授上楼回到诊室查看患者资料和 CT 片，结合四诊给予中药汤剂，并嘱咐患者家属注意事项和下次复诊时间。后来，我们抄方的学生将这段经历记录了下来，并铭记在心，时刻提醒自己在做中医时，要牢记"若有疾厄来求救者……皆如至亲之想"的"大医精诚"之训。

二、外面的世界很精彩，也很无奈

在北大求学时，物理学院教学中心主任 W 教授常提醒我们：

外面的世界很精彩,外面的世界也很无奈。重新进入职场正式行医以后,我还是常想起她的提醒。对于中医人来说,体制内的临床生涯是简单、纯粹甚至枯燥乏味的,而外面的社会生活是丰富、复杂和充满挑战的。虽然有时走到外面看看的过程很精彩,但是结局或许会很无奈。

中医学社与背诵手册

北京大学的社团活动非常丰富,其中就有自禅学社分出的中医学社。2018 年冬我与几位同事赴京参加风湿病专业的年会,联系到北京大学学生中医学社的社长 Z 同学,就抽空回了次燕园,在未名湖畔与学弟学妹们畅谈中医。社团成员中不少已有很好的中医基础,有的每天读中医书籍达两小时以上,有的已利用假期在缺医少药的老家开展临床实践,还有的甚至准备通过师承途径执业。

临走时,Z 同学赠予了我们中医学社自己编写的背诵手册。该手册是社里每日晨读与晚读所用,我翻阅后,发现选材已相当专业,确需深入进去才能读熟。当时我的感觉是喜忧参半。喜的是在外面的世界,有这么多优秀的人喜爱中医、愿意为之付出努力;忧的是在里面的世界,我们表面上忙忙碌碌,却不仅无法做到"半日临证,半日读书",而且不要说每天读两小时中医书,每周都不一定能保证有完整的两小时来温故知新。后来每当有所懈怠之时,我都会想起北大中医学社的背诵手册,提醒自己"业精于勤而荒于嬉,行成于思而毁于随",勉励自己务必树立终身学习的观念、坚持读书与思考。

不 了 了 之

曾仕强点评三国时，认为每个人的结局都可以归为"不了了之"，这四个字同样可以用于外面的世界。某次我跟 S 教授抄方之余，听他聊起早年参与保健食品开发的事情。他说早年曾与某巧克力厂合作，准备开发系列中药巧克力作为保健品。虽然他用了很多业余时间，在选药和试验方面投入了许多精力，巧克力厂方面也做好了包括营销和财务结算等在内的各种准备，但最终却因为人事调整（全力支持此项目的总工程师退休）而不了了之。

了解到 S 教授的经历后，再结合听闻的身边的一些成果转化故事，我感到要把中医与社会生活相结合虽然功德无量，但却不是一件容易的事情。但因为人民群众有这方面的需要，所以总还是会有人来做这方面的事情，就像 W 教授 2014 年曾和我说的那样：从大的角度来说，发展中医不止临床一条路，还有科研、教学、科普、公共政策、预防保健和文化产业等多种途径，共同作为"大健康"事业的组成部分。

过去 10 余年里，最时髦的"大健康"类创业项目一般都离不开智能 App。第一章"有关项目管理和时间管理的体会"中提到过校外导师 Y 老师，他自己也创业做大健康 App，但是并不顺利。当时苹果系统的应用是可以下载购买的，而安卓系统的各类应用则基本都是免费下载，靠广告收入维持。我曾粗略地估计过，觉得无论走哪个渠道，一款单纯的线上中医 App 都无法养活一个创业团队。我与 Y 老师探讨了盈利模式问题，他当时大致的想法是只要拉得到投资,就可以不管盈利模式,最重要的事情是抢占先机,通过烧钱获取市场份额和流量,未来再说盈利。

Y 老师的想法具有当时"外面的世界"的共性。印象中随着共享经济大行其道,2014 年前后各大医疗 App 都潮水般地来医院地推,2016 年开始各类中医 App 也跟进地推。体制内的医生普遍对其持保守和观望态度,也时有医生因为使用某 App 而接受行政处罚的消息。因为性格比较保守,所以我一直不认同这种抛开盈利模式的玩法。考虑到医疗的长周期、高门槛、重资产、重人力资源和强责任等特殊性,我并不看好当时的众多医疗 App,而中医的个性化程度更高,App 就更难做了。

我从医以后,有许多想以 App 为入口在中医领域创业的朋友都来与我讨论,其中既有想把对于中医的兴趣爱好做成副业的人士,也有像 M 老师那样的真正的创业团队领袖。M 老师毕业于清华大学,原来在 IT 行业工作,因为受益于中医而跨界转型来做中医 App 创业。另一位创始人 S 老师也是多年中医爱好者及实践者,并担任过互联网大厂的首席技术官(CTO)。受益于中医与互联网的双重基因,他们的 App 是少有的能活到今天的产品。

这些年来,我与 M 老师时有联系,见证了他们从天使轮走到 A 轮,所创的 App 不断完善,同道中也有通过该 App 很好地管理患者的。我虽然没有在临床中使用,但还是经常用其看五运六气。然而,创业是不容易的,尤其是在资本回报的压力下。到今天,曾在该 App 团队工作过的、我的室友 D 同学离职了,M 老师也由于各种原因出走,去开创新的中医相关领域的事业了。而 Y 老师的创业也在几经周折后宣告结束。某次看到他在朋友圈探讨过往失败的关键，专门提到马斯克的工作理念：

第一步：让你的需求别那么蠢；

每二步：努力删除部件或过程；

第三步：在前两步基础上，优化；

第四步：在前三步基础上，加速；

第五步：在以上基础上，自动化。

在我看来，许多团队不考虑盈利模式，其实就是第一步没做好：对于用户"买单"有过于天真甚至愚蠢的期待。基于此，后来每当接到相关咨询的需求时，对于医疗界的朋友，我都劝其三思而行；而对于非医疗界的朋友，我会建议他们别急着开创副业，一定要想明白大致靠谱的盈利模式才行，否则只能看着钱打水漂。比如有个走视频赛道的团队，烧了不少钱请学术大咖主任们讲座，结果因为没有医疗界以外的付费者，创业做了半年就解散了。

从 2012 年"移动互联网元年"至今，10 年过去了，靠融资"赔钱赚吆喝"的互联网补贴模式越来越难以为继。在最为人熟知的共享单车赛道上，当年两大巨头中的摩拜功成身退，OFO 至今欠着许多人的押金未还。各类医疗 App 也活得一般般：2016 年 10 月，44 岁的春雨医生创始人张锐英年早逝；2020 年前后，我们熟知的几款中医 App 也在营收压力下转型。

就像"围城"一样，老的玩家在退出江湖，而新的玩家却在不断入场。"互联网＋"、烧钱补贴模式真的适合医疗、适合中医行业吗？ChatGPT 等人工智能能否为中医问诊与处方带来根本性的变革？或许还需要更长的时间，市场才会给出最终的答案。但正所谓前途是光明的，道路是曲折的，我衷心希望更多的朋友能够在上面第三步就发现问题,及时进行调整优化,找到真实的、足够聪明的需求点和盈利点,并牢记其他行业在躁动的资本催化下留下的教训,敬畏行业、尊重周期,少一些"不了了之"的遗憾,最终建立起"里面的世界"与"外面的世界"之间的桥梁。

第十三章
如何规划人生

　　现代管理学之父彼得·德鲁克（Peter Drucker）认为，人生唯一值得努力的目的，是把平凡的一生变成有意义的一生，而如果一个人不先弄清楚自己是谁、属于哪里，就不可能为了有意义的人生而重新定位。正如当代著名战略咨询专家王志纲先生所说："你不去规划人生，就会被人生规划"。比起在繁忙的职场中历练，我们普通人锻炼自知之明、规划自己的定位更为重要，并要加上终身学习和集体成长的努力。

一、人间清醒，找准定位

　　2022 年春，我响应单位号召，作为第一批医疗队队员进驻上海新国际博览中心方舱医院，参与了新冠感染无症状与轻症患者的收治工作。当我身披"大白"穿行于方舱之中的茫茫人海，默默听着有关学业、工作和经济形势的谈论时，思绪不禁回到了燕园。

　　那时，经济学业已成为显学，我在旁听《经济学原理》后，选修了《微观经济学》和《宏观经济学》。我对具体内容已不甚了了，但印象中几乎每位老师都会提到关于"四类经济学家"的观点：第一类是奠基者，人数极少，提出开创性和颠覆性的思想、划时代的观点，最终形成流派，例如亚当斯密、凯恩斯、弗里德曼等；第二类是完善者，人数稍多一些，名字可以被编入教科书，能够在流派的思想框架内进一步提出理论和模型来解释经济现象；第三类是实践者，人数更多，名字一般出现在新闻报道中，是实践某种经济学理论的政策制定者、改革者，属于各经济体的决策层或智囊团；第四类是研究者，人数最多，名字一般出现在学术期刊上，用各类经济学理论、模型来解释当下的经济状况并作出预测。

从医以后经 Y 同学的引荐，我有机会参与肿瘤科的学习组会。一次和他的导师 X 主任谈到现代中医人的定位时，我仿照"四类经济学家"提出了历史上"四类中医"的观点：第一类是中医理论和中药的奠基者，每本中医著作中都会提到，例如《黄帝内经》《神农本草经》的作者；第二类属于百年不世出的苍生大医，活用理论、建立完善的体系和规范、流芳百世，在各类教材和史书中反复出现，例如张仲景、华佗、李时珍和叶天士等；第三类是能成一家之言的流派创始人，或能有专科或专病著作传世，在《中医各家学说》《中国医学史》等课本上占有一席之地，例如金元四大家、张景岳等；第四类则是人数最多的中医践行者，用医术保一方平安，但不一定能将名字流传下来。

这种提法让 X 主任和肿瘤科的同事都觉得很有意思。跳出日常的医疗业务，静下心来想：现代中医人要成为前两类中医，确实难比登天，比较实际的还是首先追求做一个好的中医践行者，成为第四类中医，无愧于一方百姓；随后是积极地在专业领域著书立说，待岁月的沉淀和大浪淘沙后，自会有人能成为第三类中医。我觉得想明白了这些，就可以在大致知道这份职业的上限的基础上，更平和地对待医疗日常中的人和事。

如果说"四类中医"关注的时间线还是长了些，那么唐代孙思邈提出的"三种医者"则更关注于现世的人生定位。他在《备急千金要方·论诊候第四》中写道："古之善为医者，上医医国，中医医人，下医医病"。千百年来，"上医医国"一直是懂医术的知识分子的追求。在现代，中医师在治病救人的同时，如果能关心时政、参与力所能及的社会活动，那也不失为践行"上医医国"了。

2016年经D主任推荐，我开始阅读《首席医官》。一方面作者用丰富的想象力，串联起了许多名家的医案，比纯粹读医书来得生动；另一方面书中写了当代人间百态，让读者明白一名医师想要"上医医国"、在社会上做成一些事是多么不易。通过此书，中医人既可增长阅历和间接经验，又可理解社会上的一些现象。行医期间，每当我沉下心来思考定位时，不免想到此书中记载的一些场景。但生活毕竟不是小说，凡人也没有主角的运气。

同年，我代表医院前往长沙参加学术会议。在橘子洲头，我遇到了曾在针灸科带教我实习的Y老师，当时已离职读W教授的博士，代表上中医前来。因为此前我跟随W教授抄方过一段时间，所以也算得上同门，说起跟老师们学习的经历，倍感亲切。听Y老师谈起她在龙华风湿科和肾病科"中医医人""下医医病"的经历，我才知道许多切合病房实际的外治好方法都是由她开创的。只是往事已成云烟，没有多少人还记得她了。

当时我不禁想起某次前往上海交大闵行校区时，午后于思源湖畔读完《素问今释》中有关五运六气的七篇大论，仰观蓝天白云，俯察碧水倒影,忽然察觉《黄帝内经·素问》中奥妙篇章的古代原作者却不知姓甚名谁。一路走来,每当停下脚步时就会发现不少类似的案例:好的方法流传了下来,让后人得以"乘凉",却不知"栽树"的前人是谁。但若细想,又会有一番人间清醒:无论怎样定位,相对于中医,我们都是过客,既无法做到名垂青史,也不至于遗臭万年,所求无他,只要天人相应、道法自然之心能够得到传承,也就没有遗憾了。

二、终身学习,集体成长

美国心理学家诺尔·迪奇(Noel M. Tichy)在《少有人走的路》中将学习和改变分为三个区域:舒适区、学习区和恐慌区。人一旦在舒适区待得久了,任何的规划就都容易被消磨殆尽。要避免这种情况,唯有走终身学习的道路。

2016 年我在龙华浦东分院肾病科做住院医师,与在该科规培的 N 医师共事,当时我觉得她只是很认真,谈不上出色。而且可能因为参加临床工作时间还比较短,她在书写病史和处理医嘱时常出些小纰漏,后来没能留在三甲医院工作,而是去了一家康复医院。

转眼几年过去了,N 医师要从康复医院转到社区卫生中心工作。通过微信,她和我交流了近况,我得知她这些年来一直在运用从龙华医院各科室学到的好方法,并坚持读中医书籍、学习各流派的课程视频。虽然自嘲是"野路子"(沪语,谓不专业)中医,但她实实在在地积累了许多只凭中药就取得佳效的病例,比如用龙华医院肾病科的肾七方将某肾功能不全患者的肌酐水平降到正常之类。她还将自己读中医书籍后整理的宝贵笔记分享给我。

这次交流以后，一方面我感叹在三甲医院的我们因为分科越来越细、又有太多高水平的同事可以依赖，所以有时反而不如在其他机构的同行的思路开阔；另一方面，N医师终身学习的精神让我敬佩，乐于分享的态度则让我惭愧，也让我时刻警醒，一方面要努力学习、接受输入，另一方面要持续分享、形成输出。

受N医师的触动，我通过积极申报医院和大学的各类人才培养项目来促进终身学习，并得以从2019年9月开始，定期跟上海市名中医S教授抄方学习。我曾跟随许多名中医抄方，一开始比较关注老师对于疾病的独到理解和把握主症的方法，后来慢慢认识到：由于心理结构和知识结构的不同，老师们的思维模式、思想方法具有很大的差异。比如S教授就坚信只有科技和文化能够传世，所以把职务和职位都看得很淡，一直秉承"糊里糊涂做人，明明白白做学问"的家训，于耄耋之年仍然笔耕不辍而著作等身。S教授淡泊处世、在研究学问中终身学习的精神令我肃然起敬，促使我下定决心，用文字来让跨界转型中的积累成为否定之否定、更上一层楼的契机。

而比起个人的终身学习来，集体的成长就更加难能可贵。从实习生到研究生、规培医师、住院医师、主治医师直到现在的副主任医师，我不断离开着舒适区。一路走来，我非常感恩导师F教授，她一直在结合我们学生各自的优势和专长，考虑我们的发展空间，把更多的师兄弟姐妹留在师门集体中继续成长。

F教授的言传身教让我意识到任何事业的发展进步，都离不开有足够多的人来推动。正如刘力红教授在《思考中医》中所说："学西医，整个世界的科技都在帮助你……而学中医没有人帮助你,相反都在为难你,给你挑刺"。今日之中医传承难,发展更难,对于蔚为大观的中医体系,任何人都不再可能凭借一己之力来促进中医的提高,唯有"众人拾柴火焰高",团结最广泛的力量才可能共同推进这项事业。吸引更多的人来加入了解中医、传承中医、发展中医的集体,也是我动笔写成此书的初衷之一。

后 记

在本书的最后，我想记录一个挺励志的故事。某患者朋友在一家大型企业集团工作。十几年前，因为办公室政治等在内的各种原因，一位与她紧密合作的、正当壮年的同事 T 君被调到了边缘化的部门。十几年来，这位 T 君没有心灰意冷，浪费时间，而是在不放松业务能力的同时，通过各种方法勤奋地自学中医，最终因为颇有疗效而在集团中声名鹊起，重新进入领导们的视线，逐渐成为集团的智囊之一，还在退休前拿到了中医师承的行医资格证书，成功实现华丽转型，传为佳话。

从物理和 IT 转型学习中医，是我人生的一场出走。12 年的时光不短不长，这场出走期间，我完成了在上海中医药大学的学业，努力地转型做一名符合现代三甲医院要求的中医师。一路走来，我秉承着"而今迈步从头越"的初心重返校园，寻找高效的学习方法；在"衣带渐宽终不悔"中努力提高临床水平，完成了实习和规培轮转；"路漫漫其修远兮"，通过日复一日的积累，探寻着个体化的中医修行之道。

回望过去，我的心中充满感恩。感恩中医，让我能够对包括自己和家人在内的许多人的健康负责；感恩时代，允许我通过高考重来一次，做出理想的选择。和 T 君不同，目前退休对于我还很遥远，关于中医我还有许多的责任要承担，许多的畅想期待实现。

作为一个开始的终结，惟愿此书能供中医学子、中医医师和中医爱好者们参考。愿我们都能不忘初心，终身成长，出走半生，归来仍是少年！